艦これ《艦隊これくしょん》
瑞の海、鳳の空

瑞鳳【ずいほう】
軽空母・祥鳳型２番艦

「疲れちゃったら～、甘えんぼさんしても、いいんですよぉ？」
愛宕【あたご】
重巡洋艦・高雄型２番艦

『……彼女の格納庫に
なにか御用?』
加賀【かが】
正規空母・加賀型１番艦

「ひゃん!? そこ
まさぐるのやめてくれる!?」

艦隊これくしょん
艦これ
瑞の海、鳳の空

目次 CONTENTS

口絵・本文イラスト／有河サトル
口絵・本文デザイン／福田功(imagejack)

艦隊これくしょん —艦これ—

瑞の海、鳳の空

著：むらさきゆきや
協力：「艦これ」運営鎮守府

角川スニーカー文庫

18995

序章　俺と貴様

夕陽《ゆうひ》が西の水平線に沈《しず》んでいく。

俺はいつものように、駆逐艦《くちくかん》の船尾甲板《せんびかんぱん》に出て、赤色に染まる空と海を眺《なが》めていた。

たんたん、と軽快な足音が近付いてくる。

「また此処《ここ》か！　そんなに海が面白《おもしろ》いかねえ！」

「おう、貴様か……」

駆《か》けてきたのは純白の軍装に身を包んだ男で、同期の岩柱《いわはしら》といった。

酒が入ると歌が止まらない陽気な男だ。

間違《まちが》ってると思えば教官にも反論し、屈《くっ》せぬこと岩の柱がごとき性格。おかげで俺たち同期生は何度も何度も連帯責任の罰走《ばっそう》を命じられたものだ。

陸上選手かと思うほど鍛《きた》えられ——とうとう卒業までに兵学校の長距離《ちょうきょり》走記録を二人して塗《ぬ》り替《か》えてしまった。岩柱と俺で。

彼が横に来て、欄干《らんかん》を摑《つか》み、並んで夕陽を眺める。

「ふふん、たしかに綺麗《きれい》だとは思うが、こう毎日だと見飽《みあ》きないもんかねえ？」

「……陸《おか》に上がると、見られないからな」

「はは！　俺は陸が恋《こい》しいね！　嗚呼《ああ》〜恋しやぁ〜赤ちょうぅちん〜」

「酒も入ってないのに歌うなよ。また少佐《しょうさ》にドヤされるぞ」

赤提灯《あかちょうちん》というのは陸の酒場のことだ。どこの居酒屋も赤色の提灯を看板にしている。

活気がありすぎて、俺はあまり得意ではないが……

岩柱が笑った。

「ピリピリしすぎだろ。こんな本土近くの海域なら、ヤツラも出やせんさ。まぁ、外洋でも会敵《かいてき》せんかったが」

「……見たかったんだがな」

「冗談《じょうだん》だろ？　交戦した艦隊《かんたい》は、ことごとく大損害を被《こうむ》ってんだぞ？　たくさん死んでる」

「ああ、だからこそ。俺は〝敵〟の姿を見たかったんだ」

「写真で充分《じゅうぶん》だね」

「……否定はしないけどな」

人類の〝敵〟は、ある日、忽然《こつぜん》と世界中の海に姿を現した。船舶《せんぱく》や航空機への無差別な攻撃《こうげき》。目的は不明で、交渉《こうしょう》は成立しなかった。

それは神出鬼没《しんしゅつきぼつ》にして、最新の電探装置《レーダー》でも探知できず、軍艦《ぐんかん》の火砲《かほう》すら通用しない。

海路も空路も断《た》たれて物流は止まり、すでにいくつもの都市が消滅《しょうめつ》している。


——俺たちの世界は、殺されつつあった。


岩柱が欄干を叩《たた》く。

「しかしな！　負けんぞ！　なあ、技研《ぎけん》の呑《の》み仲間から聞いたんだが……おい、耳を貸せ
……どうやら……秘密兵器を実験中らしいぞ？」

「やれやれ、我が国の機密保持は、赤提灯だと穴の空いた障子だな」

「ははは！」

笑い事ではないのだが。

ため息をつきつつも、俺は心惹《こころひ》かれるものを感じた。

「岩柱、貴様の言う秘密兵器とやらは……ヤツラに……通用するのか？」

「おうよ——〝撃沈《げきちん》した〟とのたまっておったぜ、技研の連中」

「本当か⁉」

対抗《たいこう》手段が見つかったのだとすれば、それは全人類にとって素晴《すば》らしいことだ。


ズン！　と艦《ふね》が揺《ゆ》れた。


突《つ》き上げるような衝撃《しょうげき》だった。

――座礁《ざしょう》⁉　いや、浅瀬《あさせ》などない海域のはず！

視線を巡《めぐ》らせる。

俺たちのいる船尾甲板からは、僚艦《りょうかん》の駆逐艦が右に二隻《せき》ほど見えていた。主力艦《しゅりょくかん》を囲む輪陣形《わじんけい》の後端《こうたん》に位置している。

そのうちの一隻の横腹に、水柱があがった。

艦橋《かんきょう》より高くまで真っ白な泡《あわ》が立ち、水煙《みずけむり》となる。

俺は全身の血が沸騰《ふっとう》し、ぞわぞわと総毛立つのを感じた。

「岩柱、あれ！」

「うおっ⁉　被弾《ひだん》かよ⁉」

彼が目を見開いて、欄干を堅《かた》く握《にぎ》りしめる。

すぐ大きな波がきて、艦が傾《かたむ》いた。

——現れたのか。

〝敵〟が！

スピーカーからサイレンが鳴り響《ひび》く——総員戦闘《せんとう》配置。

俺たちも行かないと！

艦橋へと走り出そうとしたとき、岩柱が叫《さけ》ぶ。

「おい、後ろ！」

「ッ⁉」

振《ふ》り返ると、そこには軍艦と同じくらいの大きさの——化け物が、海中から湧《わ》き出すように現れていた。

巨大《きょだい》な女性型の人間に見える。

ただし、その高さは百メートル以上あり、肩《かた》には巨大な砲塔《ほうとう》があった。

両腕《りょううで》には身の丈《たけ》ほどの構造物があり、まるで戦艦《せんかん》を立てて武器として構えているかのようだ。無数の砲が並んでいる。

どの資料写真よりも明瞭《めいりょう》に細部が見て取れるほど、近い。

表面は鉄ともコンクリートとも生物ともつかぬ素材でできているらしく、ぬらぬらと濡《ぬ》れて艶《つや》があり、固く見えるのに、ぐねぐね動く。

資料によれば、こいつは——戦艦ル級。敵の旗艦《きかん》と目されていた。

その不気味な姿を前に、身が竦《すく》んでしまう。

「ううう……」

「伏《ふ》せろ!!」

棒立ちになっていた俺を甲板《かんぱん》に引きずり倒《たお》したのは、岩柱だった。

その直後、俺たちの乗る駆逐艦の後部に備えられた単装砲が、轟音《ごうおん》をあげる。砲撃《ほうげき》だ。

艦砲《かんぽう》としては小型だが、砲炎《ほうえん》は船尾《せんび》にまで届く。もしも、欄干の前で突っ立っていたら、
吹《ふ》き飛ばされて海の藻屑《もくず》となっていたかもしれない。

俺と岩柱は甲板に這《は》いつくばった姿勢で、砲撃による白煙《はくえん》が風に流されるのを待った。

全身が煤《すす》だらけだ。

「……すまん、岩柱」

「貴様が無事なら、ええさ」

この距離《きょり》での艦砲だ。いくら兵器が有効ではないといっても、無傷ではあるまい。

俺たちは後方に目を凝《こ》らす。

しかし、信じられない光景が待っていた。

至近距離からの艦砲が、間違いなく直撃《ちょくげき》したはずなのに！

戦艦ル級は、ほとんど無傷だった。

「……馬鹿《ばか》な」

こんな相手と、どう戦えばいいのか。自分たちは蟻《あり》のように非力で、相手は象のように巨大で頑強《がんきょう》だった。

岩柱が叫ぶ。

「あの野郎《やろう》、撃《う》ってくるぞ!?」

今度は、敵艦《てきかん》が砲炎を噴《ふ》いた。

対艦砲《たいかんほう》の初速は音より遅《おそ》い。砲声《ほうせい》が身体《からだ》を震《ふる》わせた直後、俺たちの乗る駆逐艦の艦橋が吹き飛んだ。

寡黙《かもく》な艦長《かんちょう》も、厳しい上官も、賑《にぎ》やかな先輩《せんぱい》も、みんな――

「そ、そんな……」

さらなる砲撃が、後部砲塔をえぐった。鉄の塊《かたまり》がひしゃげ、炎《ほのお》が広がり、黒煙《こくえん》が立ちのぼる。乗組員たちが消火をはじめるが、圧倒《あっとう》的に火勢が強かった。

怒号《どごう》と悲鳴。

駆逐艦は致命的《ちめいてき》な損傷を受けてしまった。燃えさかる砲塔の下は、弾薬庫《だんやくこ》だ。

俺たちは甲板のうえで、隠《かく》れる場所もない。

海に飛びこめば助かるか？　立ちあがることさえ難しいほど艦は揺れているが、欄干をくぐって外へ転がり出るくらいならできそうだった。

しかし、仲間たちは艦の火災を消そうと死力を尽《つ》くしている。

――逃《に》げるわけにはいかない!!

「ええい、儘世《ままよ》！」

俺は後部砲塔へと走りだす。

「おい!?　あんなの消せると思うのか!?　死ぬ気かよ!?」

「岩柱、貴様は逃げろ！」

「……ッ!!　馬鹿を言え、一人で逃げられるか！　恥《は》ずかしくて死んじまう！」

彼も立ちあがり、追いかけてくる。

三発目の直撃。

それが駆逐艦の船尾を襲《おそ》い――トドメになった。

岩柱の姿が閃光《せんこう》に包まれる。

俺たちは爆風《ばくふう》に吹き飛ばされた。

「ッ!?　岩柱ぁ!?」

ここで死ぬのか――そう覚悟《かくご》した。それほど強い衝撃に全身を叩かれる。強く頭を打った。

一瞬《いっしゅん》か、しばらくの間《あいだ》か、気を失ったのだろう。

次に目を開いたとき――俺は甲板に倒れ、腰《こし》まで海につかっていた。冷たさで意識を取り戻《もど》したのだ。

駆逐艦《くちくかん》は傾いて、すでに船尾は海中にあったが、まだ浮《う》いていた。じわじわと沈《しず》んでいるのだろうが、その頑強な設計のおかげで、俺は水没《すいぼつ》を免《まぬか》れたらしい。

強運なことだ。

三発目の爆風が、半壊《はんかい》した後部砲塔を吹き飛ばしたおかげか、弾薬庫の上の火災は収まっていた。あるいは、火が届く前に、弾薬庫に浸水《しんすい》したのかもしれない。

「あっ、岩柱!?」

視線を巡らせる。

彼も強運の持ち主だったらしい。俺と同じように、岩柱も下半身を海水につけ、傾いた甲板に倒れていた。

安堵《あんど》する。

気絶している様子だが、俺と同じように、きっと無事だろう。

斜《なな》めになって濡れた甲板を、足を滑《すべ》らせないように注意しつつ、彼のほうへと近付いていく。

「おい、起きろ、岩柱！　岩はし…………え？」

血。

おびただしい血が流れている。

俺は大量に出血している岩柱の肩を摑《つか》んで、ゆさぶった。何度も同期生の名を呼ぶ。

しかし、彼は目を開けなかった。

海水のように冷たい。

いつも豪快《ごうかい》に笑う顔が、苦痛に歪《ゆが》んで固まっていた。

動かない。

「な、なんでだ⁉　なんで貴様が⁉　岩柱ああああ――――――ッ‼」

ぞぶぞぶ……と重たいものが海水を掻《か》き分けて近付いてくる。

俺は冷たくなった岩柱の身体を摑んだまま、洋上のソイツを睨《にら》みつけた。

沈みつつある駆逐艦のすぐ横を、悠然《ゆうぜん》と進んでくる。

見上げるほどの巨体《きょたい》だ。

夕焼けに照らされた表面は、鋼《はがね》の質感に見えるにもかかわらず、まるで海洋生物のように動いていた。

俺は掠《かす》れた声で〝敵〟の名をつぶやく。

「……深海棲艦《しんかいせいかん》」

それが人類を滅《ほろ》ぼしつつある存在《もの》の名だった。

味方艦からの砲火《ほうか》がない。

——どういうことだ？

この沈没《ちんぼつ》しつつある駆逐艦を誤射しないためか？　それにしても静かすぎる。

まさか、俺たちの艦隊《かんたい》は、壊滅《かいめつ》してしまったというのか!?

胃の底が重たくなる。

俺のように生きている者もいるだろう。しかし、動ける艦がないのなら、救助は絶望的だった。

「……すまんな、岩柱……貴様を陸《おか》に連れて帰ることは……できそうにない」

彼の頬《ほお》に赤色の雫《しずく》が落ちた。

俺の血だ。

さっき頭を打ったせいか、ぽたぽたと耳の上から血がこぼれてくる。

意識が朦朧《もうろう》としてきた。

戦艦ル級が、この駆逐艦の真横まで来る。その背負った艦砲を、こちらへと向けた。

もうすぐ沈むであろう艦《ふね》を、わざわざ処分しようというわけか……それほどまでに人類が憎《にく》いか……


俺は死を覚悟した。


ふと、耳の奥で、かすかな音を捉《とら》える。

小刻みに空気を震わせる、風切り音。

「……なんだ？」

聞き慣れないけれど、知らない音ではなかった。

送風機？　ヘリかと思ったが、そうではなかった——これは、プロペラ機か？　上から聞こえてくる。

空を見上げた。
駆逐艦の機関部から立ちのぼる黒煙。その陰《かげ》から、何かが降ってくる。
やはり、プロペラ機だった。
兵学校の資料で見たことがある。
「しかし、どうして……？　あれは……九九艦爆《きゆうきゆうかんばく》だよな？」
水滴《すいてき》のような形の固定脚《こていきやく》を持つ爆撃機《ばくげき》だった。この時代には使われていないはずの。
九九式艦爆が頭上から急降下してくる。
腹に抱《かか》えた爆弾《ばくだん》を放った。
黒い筒状《つつじよう》の鉄塊《てつかい》が、敵――戦艦《せんかん》ル級を直撃する。
爆発が起きた。
突風《とつぷう》に駆逐艦が揺《ゆ》れる。
俺は右手で岩柱を摑んだまま、左手で自分の顔をかばった。
――上層部は、とうとう、あんなモノまで持ち出したというのか？
しかし、最新の兵器すら通じなかった化け物に……
空気が振動《しんどう》する。
悲鳴だった。

俺は初めて〝深海棲艦の悲鳴〟を聞いた。

オオオオオオオ……

「き、効いてる!?」

あまりのことに、俺は固まって、見ていることしかできなかった。

人類の叡智《えいち》を結集した艦砲《かんぽう》の至近弾《しきんだん》でさえ、傷一つ与《あた》えられなかった敵が――顔の左側を破損させて黒煙をあげていた。後ずさるように離《はな》れていく。

退けた!?

まさか、ダメージを与えたのか!? さっきの九九式艦爆の一撃《いちげき》で!?

俺は夢を見ているのかと、自分の正気を疑ってしまう。

不死身かと思われた〝敵〟に、骨董《こっとう》品も同然のプロペラ機が戦果を挙げたというのが、信じられない。

そのうえ、こんな絶望と混乱に満ちた海で――あろうことか、甲高《かんだか》い少女の声が聞こえたような気がしてしまったのだ。

しかも、歌をうたうように楽しげな、弾《はず》んだ口調で。

「九九艦爆《きゅうきゅうかんばく》は、脚《あし》がかわいいのよ、脚が♪」

――夢か幻《まぼろし》か？

年端《としは》もいかぬ女の子だった。

白を基調とした和服と、緋色《ひいろ》の袴《はかま》は、まるで巫女《みこ》装束《しょうぞく》だ。

薄《うす》い茶色の髪《かみ》を紅白の布でくくり、背中側へと垂らした長い後ろ髪は、海の風に揺れている。

手にするのは古風な弓と、先端《せんたん》にプロペラ機を模した飾《かざ》りのついた矢だった。

なんだ？

まさか、彼女が、あの九九式艦爆と関係あるとでもいうのか……？

そんな容姿の少女が、水面に立っている。なんの装備も舟艇《ボート》も見当たらない。ただただ立っていた。

普通《ふつう》ではない。

俺は頭を打って、おかしくなってしまったのかもしれない。

しかし、その少女の姿に見とれてしまう。

ギリッと弓弦《ゆみづる》を引き絞《しぼ》り、彼女が放った矢は――

燐光《りんこう》を散らす。

矢が、九九式艦爆へと姿を変えた。空冷星型エンジンの小刻みな爆音《ばくおん》を奏《かな》でつつ、天高く舞《ま》い上がって行く。

我知らず、感嘆《かんたん》がこぼれる。

「………美しい」

「ふえっ⁉」

俺の声が届いたのか――少女が驚《おどろ》いた顔をして視線を向けてきた。

遠くで、艦爆が急降下爆撃をし、別の深海棲艦が悲鳴をあげる。戦艦ル級より小型の敵が、爆発炎上《ばくはつえんじょう》して沈んでいく。

撃沈《げきちん》したのか⁉　素晴《すば》らしい！

俺は理由もわからず、彼女へと手を伸《の》ばしていた。とうてい届くような距離《きょり》ではないと知りながら。

「君は……いったい……？」

「えっ⁉　あ、あの！　頭から、血が⁉」

「名前を……」

意識が遠のく。

敵が撃破《げきは》されたという安堵感《あんどかん》か。あるいは、出血量が限界を超《こ》えたのか。

視界は暗くなり、意識は混濁《こんだく》の渦《うず》に呑《の》まれていく。

どうして、俺は名前など訊《き》いたのだろうか？　正体不明の少女に向かって。

深海棲艦を次々と撃破した少女は、きっと俺よりも強いだろう。それが、かわいらしく驚いている姿は、なんとも不思議だった。


ああ、岩柱よ……これが幻でないのなら、貴様を陸に帰してやれそうだ。

すまないが、先に逝《い》って待っててくれ。

俺は少し用事を済ませてからにする。

第1章　提督任命

俺の怪我《けが》は意外と酷《ひど》いものだったらしく、生きていたのは奇跡《きせき》だったという。

手術の後も少し麻痺《まひ》が残り、しばらくリハビリが必要だった。

しかし、今は戦時だ。

国民は誰《だれ》もが無理をしなければならない。

俺は頭から包帯が取れると、すぐ本部からの呼び出しを受けた。

――麻痺の残った身では、軍をクビになるかもしれんな？　いや、人手が足りないことを考えれば、前線送りか？

あの戦いで、謎《なぞ》の少女が深海棲艦を撃破した戦果は、公式発表に無かった。噂《うわさ》すら流れていない。俺たちは全《すべ》ての艦《ふね》を失い、作戦は失敗したことになっていた。

あれが秘密兵器なのか？　そう推測するのが妥当《だとう》だろう。深海棲艦を撃破しうる手段が、二つも三つもあるはずがない。

だとすれば、上層部は理由があって彼女の存在を伏《ふ》せているはず。

俺はあのとき見た水上の少女のことを、誰にも言わなかった。


初春《しょしゅん》にしては暖かい昼日中《ひるひなか》――

芽が出てきたばかりの桜並木を眺《なが》めつつ、呼び出された場所へと向かう。

赤煉瓦《あかれんが》の建物を訪ねた。

ここには組織の本部があり、つまり俺の所属する組織で一番偉《えら》い人もいる。一度くらい会ってみたいものだが……広い建物だから廊下《ろうか》ですれ違《ちが》うことすらないだろう。

俺のような下級士官の処遇《しょぐう》を告げるのは、少佐《しょうさ》か中佐《ちゅうさ》くらいだ。

現在の軍の階級は、次のようになっている――一番上が、元帥《げんすい》。そこから、大将《たいしょう》、中《ちゅう》将《じょう》、少将《しょうしょう》までが将官。そして、大佐《たいさ》、中佐、少佐までが佐官と言われている。

俺はさらに下の中尉《ちゅうい》という階級だった。

兵学校を卒業した者は、まず少尉《しょうい》になるから、一階級は進級してるわけだが……

――国を守るには、敵を倒《たお》さなければならない。

しかし、今ある兵器では深海棲艦《しんかいせいかん》に通用しないのだ。俺はそれを間近で見てしまった。

そんな軍隊の階級に、なんの意味がある？

地位なんて、どうでもいい。

俺にも敵を倒せる武器が欲しかった。

おめおめ生き残って、敵の一隻《せき》も沈《しず》めなくては、かの地で岩柱になんと詫《わ》びればいいのか。俺にも、あのとき現れた少女が持ってたような力があれば……

戦う力さえあれば、北だろうが南だろうが、どこの前線にでも行ってやるのに！

考えない日はなかった。

当然、あんな年端もいかぬ少女を戦場に立たせたのには、相応の理由があるのだろうけれど。

まっすぐに伸びる廊下を歩いていく。すれ違う軍人は、たいてい俺より歳《とし》も階級も上だった。敬礼して、やり過ごす。

指定された部屋を見つけ、立ち止まった。

扉《とびら》をノックする。軍の規定に則《のっと》り、俺は所属と名前と階級を告げた。

向こう側から、貫禄《かんろく》のある声が聞こえてくる。

「——入れ」

少なくとも少佐や中佐という歳の相手ではなさそうだ。

前線送りよりも面倒《めんどう》な話になりそうな予感がした。

「失礼します！」

重たい木の扉を開け、室内に入って敬礼する。

灰色の髪をした初老の男がいた。肌《はだ》に刻まれたシワは深く、眼光は今までに会ったどの将官より鋭《するど》い。

その顔には見覚えがあった。兵学校で見た映像での話だが。

俺は息を呑む。

――まさか、司令長官⁉

廊下ですれ違うことすらないだろう、と思っていた最高指揮官だった。全国に複数ある鎮守府《ちんじゅふ》の全てに任務を与えている。

その肩《かた》には雄々《おお》しい階級章が輝《かがや》いていた。金色の鷲《わし》と桜は、彼が元帥であることを示している。

司令長官が机の上にある何かに、ささやいた。

大きさはリンゴ二つ分くらいであり、白布がかけてあるので中は窺《うかが》い知れない。

――小型の録音装置だろうか？

それから、俺のほうへと視線を投げた。

「怪我の具合は、どうかね？」

「問題ありません」

「ふむ……貴様の江田島《えたじま》での成績も取り寄せたが……大したものだ。学科も実技も成績は常に首席。長距離《ちようきより》走では新記録を出したとか？」

「ありがとうございます！　教官殿《どの》のご指導のおかげであります！」

江田島には兵学校があった。俺は酒も女も博打《ばくち》も苦手だったから、結果として周りより時間があったのだろう。

定型句を返したら、司令長官には苦笑されてしまったが。

「さて、中尉には、まず辞令を渡《わた》しておこう」

「はッ！」

何の辞令かはわからないが、尋《たず》ねたり拒否《きよひ》したりという選択肢《せんたくし》はなかった。一礼して差し出された書簡を受け取る。

「貴様は先日の作戦を生き残ったことで、大尉《たいい》に進級となった。おめでとう」

「ありがとうございます！」

まさか、階級が上がるとは思わなかった。

複雑な気持ちだ。

それを見透《みす》かしたように、司令長官が尋ねてくる。

「不服か？」

「い、いえ！　そのようなことは！」

「ここには俺と貴様だけしかおらん、正直に言え」

「…………申し訳ありません。それでは、無礼は承知ながら……自分は……階級よりも、武器が欲しいです」

「ほう、例えば──深海棲艦を一撃《いちげき》で撃沈するような？」

「ッ!?」

思わず身を乗り出してしまった。

──やはり、あの少女は秘密兵器だったのか!?

話をはぐらかすように、彼はつぶやく。

「まぁ……そんな物があれば、欲しいよな……あれば、な」

「あるんですか!?」

「若いな、大尉。あるわけがなかろう？　そんな力があれば、これほど苦しい戦いを強《し》いられておらん」

「し、しかし、あるのではありませんか!?」

俺は喉《のど》まで出かかった言葉を呑《の》みこみ、ただ同じ問いを繰《く》り返した。

司令長官が睨《にら》みつけてくる。

「なぜ、あると思う⁉」

「言えません！」

彼が言わないのなら、俺から言うことはできない。

あの秘密兵器は、人類の希望だ。どんな理由で秘されており、〝誰に対して〟秘されているのか、わからないのだから。

「……貴様は糞真面目《くそまじめ》だな。面白《おもしろ》くはないが、そういう人間が必要な時代だ」

司令長官がうなずき、机の上に置いてあった何かに手を伸《の》ばす。

かけてあった白布を取った。

机の上には、不思議な生物がいた。

小さい。手のひらに乗ってしまいそうなほど。それでいて、人の形をしているように見えた。

白い丸帽子《まるぼうし》をかぶり、煉瓦色《れんがいろ》の髪《かみ》をおさげにしている。性別は女性なのか、服は女学生のものに似ていた。その手に、猫《ねこ》らしき何かをぶら下げている。

彼女が笑《え》みを浮《う》かべた。

『ニッ』

「……え？　こ、これは……？」

俺は戸惑《とまど》ってしまい、司令長官に尋ねる。

彼が破顔した。

「ほう！　見えるか！」

「み、見え……？　小さな人に見えます」

「そうか、そうか……〝妖精《ようせい》〟の見える軍人が、まだおったか」

「妖精？」

「ふふ、そうとも」

これが妖精というものか。

改めて、鳥籠の中のそれを見る。彼女は猫を持ち上げて、なぜか顔を隠《かく》していた。

『………』

この仕草には、なんの意味があるんだ!?

「司令長官、どういうことか……説明してはいただけないのでしょうか？」

彼の眼光が鋭さを増した。

「説明か？　よかろう。しかし、これを見て、俺の話を聞いたら――貴様、もう後戻《あともど》りは許さんぞ。ある任務をやってもらう。それでも善《よ》いのだな？」

司令長官が言うのなら、本当に引き返せないのだろう。どんな任務なのか？

俺は何かに踏《ふ》みこもうとしている。おそらく生きて帰れないような、重大な何かに。

空唾《からつば》を呑みこんだ。

家族や友人や多くのことが脳裏《のうり》を駆《か》け抜《ぬ》けていく。そして、たった一つの疑問だけが頭に残った。

問う。

「……司令長官、その任務で……深海棲艦を、倒せますか？」

「貴様次第《しだい》、だな」

俺は拳《こぶし》を握《にぎ》りしめた。

「やります！　教えてください！」

俺は命を懸《か》けることにした。そこに、なんの後悔《こうかい》があろうか？　ありはしない。

あの日、あの海で、俺は同期生の親友に誓《ちか》ったのだ。

深海棲艦を倒《たお》す、と。

二時間後――

俺は大尉に進級してすぐに、少佐《しょうさ》へと進級させられた。任務に必要だという司令長官の判断からだ。そして、ろくに用意する間も与《あた》えられず、汎用《はんよう》小型車輛《しゃりょう》に乗せられ、とある場所へと運ばれるのだった。

「我々は、ここから先への立ち入りを、禁止されておりますので！」

そう言い残して、俺を運んできた車輛は帰ってしまった。

『立入禁止』と大きく書かれた高さ五メートルくらいのフェンスには、輸送車《トラック》や戦車が通れそうな大門《おおもん》と、それとは別に小さな通用門がある。

監視《かんし》小屋の兵士に敬礼して、司令長官からの書簡を見せると、すぐに通用門を開けてくれた。

フェンスの内側に伸びる、ぐねぐねした一本道を歩く。

腕時計《うでどけい》を確かめた。

十三時前か。

着任予定の十四時には余裕《よゆう》で間に合いそうだった。焦《あせ》る必要はない。

道の左右は土手になっており、谷底を歩くような感じだ。その土手には、桜の木が並んでいた。ここらは今が見頃《みごろ》らしい。

風が吹《ふ》いた。

はらはらと桜の花びらが舞《ま》い落ちてくる。かすかに潮の香《かお》りが混じっていた。海が近いのだ。道の先に、赤煉瓦《あかれんが》の建物が見えてきた。


「……ここが、俺の鎮守府《ちんじゆふ》か」


司令長官から与えられた任務。それは、『公《おおやけ》にはなっていない、とある鎮守府に赴《おもむ》き、そこで特別な力を持つ者たちを指揮し、戦力の増強を図《はか》りつつ、深海棲艦《しんかいせいかん》を撃破《げきは》せよ』というものだった。

普通《ふつう》に考えたら、無茶苦茶《むちやくちや》な話である。

ほぼ二階級特進を受けてさえ、今の俺は新米少佐でしかなかった。それなのに、鎮守府を任されたということは、提督《ていとく》だ。艦隊《かんたい》司令官だ。

若造には荷が重い。

しかも、『深海棲艦を撃破せよ』と言われても、これまで撃破できた記録がないから、どう戦えばいいのかさえわからなかった。

——本当に倒せるのか？

おそらく〝特別な力を持つ者〟というのは、あのときの少女だろうと想像できるが、あれが夢や幻《まぼろし》ではないという確信は持てていない。

夕焼けのなかで弓弦《ゆみづる》を引き絞《しぼ》る姿が——俺の脳裏を過《よ》ぎった。

耳に残るプロペラ機の音……

「ん？　いや、違《ちが》う！」

今、実際に聞こえてきている！　あのときと同じプロペラ機の音だ！

俺は駆けだした。

桜の並木道から外れて、土手を登る。雑木林になっていた。腰《こし》の高さのフェンスがあって、ここにも『立入禁止』と書いてある。しかし、かまわず乗り越《こ》えた。

草木を掻《か》き分け、走る。

音が近くなってきた！

この先に、あの少女がいるのか!?

広い場所に出た。

赤土の地面に、白い板が平置きになっている。

「なんだ？」

近寄ってみると、置かれた板には、三重に丸が書いてあった。中央の丸は赤塗《ぬ》りだ。

――射撃《しゃげき》の的《まと》？

プロペラ機の音が近付いてくる。

あっ！　と気づいたときには、もう頭上に九《きゅう》九《きゅう》艦爆《かんばく》の姿があった。黒色の爆弾《ばくだん》が投下される。

「しまった！」

――ここは、演習場だったのか！

ドンッと爆発《ばくはつ》が起こり、俺は吹っ飛ばされる。

遠くで誰《だれ》かが、「きゃー!?」と甲高《かんだか》い悲鳴をあげた。

馬鹿《ばか》なことをしたものだ。これで死んだら、さすがの岩柱も笑って許してくれないだろうな。いや、大笑いするかな？

なんだか、やわらかい感触《かんしょく》に頭を乗せられていた。

すべすべしてて、あたたかい。沈《しず》みこむのに弾力《だんりょく》がある。

将官用の枕《まくら》でも、ここまではあるまい、と思うくらいだ。

思わず手でなでてしまう。

指先に布が当たるが、さらに先へと心地《ここち》好い感触は続いていた。

すぐ近くで――

少女が小さな悲鳴をあげる。

「ひゃん⁉ そ、そこまさぐるのやめてくれる⁉」

予想だにしていなかった声に、俺の意識は蹴飛《けと》ばされたように覚醒《かくせい》した。

「なっ⁉」

目を開けると、空が見えた。

そして、頬《ほお》を染めた少女が顔を覗《のぞ》きこんでくる。かなり近い。

「あ……気づきました？」

「え？」

「はぁ、よかった。的の近くに人がいるから、びっくりしちゃいました」

俺は空を向いて寝転《ねころ》んでいた。すぐそばに少女がいる。

頭の下には、やわらかなものが……

それが彼女の太股《ふともも》であることに、ようやく気づいた。

膝枕《ひざまくら》というやつだ。

理解した途端《とたん》に、また意識が遠くなりかけた。恥《は》ずかしくて、顔が耳まで熱くなる。

飛び起きた。

「す、すまない！」

「わわっ⁉　大丈夫《だいじようぶ》ですか⁉」

「もちろんだ」

正直、身体《からだ》を起こすと、まだちょっと地面が揺《ゆ》れていたが……婦女子の太股を枕にして寝《ね》るなど——軍人のすることではない！

まして、相手は、あのとき現れた水上の少女ではないか！

その顔を忘れた日はなかった。今も巫女《みこ》のような衣装《いしよう》を着て、傍《かたわ》らには紅白の弓と矢も置いてある。

俺は彼女と、草原《くさはら》に座って向き合った。

「君は……あのときの少女だよな……？」

「え？　会ったことありますか？」

覚えてはいないか。

思えば、あのときの俺は煤《すす》だらけの血まみれだった。別人のような有様だったろう。今も土埃《つちぼこり》をかぶってはいるが。

そんなことより、もっと先に尋《たず》ねるべき重要な質問があった。

「教えてくれ……君は深海棲艦を、倒したことがあるか？」

「え？　は、はい」

急な問いに、彼女は戸惑《とまど》っている様子だった。

だが、はっきり、うなずいた。

――世界中の軍隊が、屈強《くっきょう》な兵士たちが、ありとあらゆる最新兵器が……為《な》す術《すべ》なく蹂躙《じゅうりん》されている敵を〝撃沈《げきちん》した〟というのか！　あれは夢や幻ではなかったのだ！

間違《まちが》いなく、この少女は〝特別な力を持つ者〟だった。

俺は彼女を抱《だ》きしめたい衝動《しょうどう》にかられてしまう。

希望だ！

この子は、人類にとっての、希望！

世界は救われるかもしれない！

思わず涙《なみだ》ぐんでしまった俺に、彼女は心配そうな顔をする。

「あ、あの……どこか痛いんですか？　普通のお医者さんはいないんですけど、明石《あかし》さんに診《み》てもらいますか？」

「いや……ちがう……大丈夫だ。そうか……そうなのか……ヤツラを〝倒せる〟か」

「まぁ、当たれば、ですけど」

彼女は照れたように頭をかいた。

そんな仕草は、普通の年端《としは》もいかぬ子供のように見える。

不思議だ。

彼女は自身の力を誇《ほこ》るでも自慢《じまん》するでも隠《かく》すでもない。得意料理のひとつでも披露《ひろう》するかのように自然体だった。

実際この目で見たことがなかったら、〝倒せる〟と言われても信じられなかっただろう。

どうして、それほど特別な力を持っているのだろうか、この少女は――

「ああ、君の名前を訊《き》いてもいいか？」

「そういえば、自己紹介《しょうかい》してませんでしたね」

「おっと、それは俺もだな。すまない、先に名乗るべきだった。自分は、この鎮守府の提督を任された者で――」

「わわっ⁉ 新しい提督だったんですね！」

「うむ。とはいえ、まだ知らないことばかりだから、いろいろと教えてくれると嬉《うれ》しい」

「はい！」

彼女は嬉しそうにうなずいた。

それから、自身の胸元《むなもと》に手を当てて、自己紹介をしてくれる。

「瑞鳳《ずいほう》です！　軽空母ですが、練度が上がれば、正規空母なみの活躍《かつやく》をお見せできます！」

――軽空母？

思わず、戸惑った声をあげてしまう。

「えっと……瑞鳳というのが名前なのか？　軽空母、とは？」

「正規空母より小さな空母を、そう呼ぶんです。艦載機《かんさいき》が少なかったり、装甲《そうこう》が薄《うす》かったりするんですが、速力は負けません」

「あ、いや、軽空母というものは知っているのだが……」

それは鋼鉄の塊《かたまり》であり、戦いのための航空機を洋上で発着艦させることのできる、巨《きょ》大《だい》な軍艦《ぐんかん》のことだ。滑走路《かっそうろ》として百メートル以上もある飛行甲板《かんぱん》を備えている。

目の前にいるのは、むしろ小柄《こがら》な女の子だった。

しかし、瑞鳳と名乗った少女は〝軽空母がわかるなら、なにがわからないの？〟と言わんばかりに首を傾《かし》げる。

全く話が嚙《か》み合わなかった。

「……君は女の子だろう？　それが、どうして軽空母なんだ？」

「え？　私は艦娘《かんむす》です」

「か、かんむす……とは、なんだ？」

瑞鳳が不安げな顔をした。

「あの……提督は、この鎮守府《ちんじゅふ》の提督なんですよね？」

「司令長官から、そういう任務を与《あた》えられた」

「ここは艦娘を運用するための鎮守府ですよ？」

「まず、その艦娘とは？」

「えっと――」

そして、俺は瑞鳳から、艦娘についての説明を受けた。

要するに、『軍艦のような艤装《ぎそう》を備えており、人間に見えるがそうではなく、深海棲艦《しんかいせいかん》と戦う力を持っている存在』ということか。

瑞鳳が思い出すように視線を遠くに投げて語る。

「……実は、私も、よくわかってないんですよね……ただ、そう〝知ってる〟だけで……あるとき気づいたら、一人で海に立ってて……赤城《あかぎ》さんが見つけてくれたんです。そして、〝一緒《いっしょ》に戦いましょう〟って手を差し伸《の》べられて」

「なるほど。親兄弟はいないわけか」

「祥鳳《しょうほう》とは姉妹かな」

記憶《きおく》を探《さく》れば——赤城も祥鳳も古い軍艦の名前ではなかったか？

俺はうなってしまう。

「司令長官の話を聞いたときは、にわかに信じがたかったが……やはり、君たちは……」

いや、彼女自身も〝よくわかってない〟と言っていたことだ。詮索《せんさく》しても仕方ないだろう。今は来歴よりも、その力が本物であることが重要だった。

そういえば——と瑞鳳が両手を合わせる。

「提督《ていとく》は、どうして、こんな演習場の的のとこに？」

「それについては面目《めんぼく》ない。鎮守府に向かっていたら、九九艦爆の音が聞こえてな。つい、近付いてしまった」

俺は頭を下げた。

しかし、こんな説明をしても、おそらく瑞鳳には伝わらないだろう。深海棲艦を倒《たお》せる力が、俺にとってどれほど大きな存在か。周りが見えなくなるほど渇望《かつぼう》していたか……彼女の話しぶりだと、その力を特別だとは考えていない様子だった。

ところが、瑞鳳が瞳《ひとみ》を輝《かがや》かせる。

「もしかして！　提督も九九艦爆《きゆうきゆうかんばく》が好きなの⁉」

「ん？　まぁ……そうだな」

深海棲艦を倒せるなら、プロペラ機だろうが落下傘《らっかさん》だろうが大好きだとも。

瑞鳳が顔を紅潮させて語り出す。

「脚《あし》よね、脚がかわいいのよ」

「九九艦爆の固定脚《こていきやく》か。あれは、たしかに、面白《おもしろ》い形をしているな。性能的には格納するものに劣《おと》るだろうが」

「新鋭機《しんえいき》もいいわよねえ、彗星《すいせい》とか天山《てんざん》とか載《の》せてみたいわね。見たこともないけど」

「君は航空機が好きなんだな。それは軽空母だからなのか？」

「もちろん、空母なら航空機は好きだと思うわ。けど……みんな、脚の形とかの話はしないのよね。どうしてかな？」

——なるほど。そのあたりは、性格のようだな。

戦闘機《せんとうき》の形が好きとは面白いが。

「おっと……すっかり話しこんでしまった。そろそろ行かないと」

「提督、どこ行くんですか？」

「司令室に十四時までに行くことになってるんだ――ん？　あ、あれ？」

俺は改めて腕時計《うでどけい》に視線を落とした。

膝枕されていたことに気づいて飛び起きたとき、視界に入った腕時計は十三時を指していた。

てっきり、爆撃《ばくげき》を受けてから、ほとんど時間が経《た》っていないと思っていたのだが……碇《いかり》のマークが記された官給品の腕時計には、六時の位置に小さな円があり、そこが秒針になっている。

小さい針が動いていなかった。

「壊《こわ》れてる!?　ず、瑞鳳、俺はどれくらい寝てた!?」

「い、一時間くらいです！　今は、15《ヒトゴー》：12《ヒトフタ》です！」

彼女は時計も見ずに答えた。

軍艦でもあるなら、正確な時間くらいはわかるか。時計が備えられていない艦《ふね》などありえない。

——などと感心してる場合じゃない！　十五時十二分⁉

「大遅刻《だいちこく》だ！」

俺は慌《あわ》てて駆《か》けだそうとする。

瑞鳳も立ちあがった。

「わ、私も行きます！　だって提督が気絶しちゃったのは、私の演習に巻きこまれたせいなんだから！」

「ダメだ。君はなにも間違ったことをしていない。爆撃に巻きこまれたのも、遅刻したのも、全《すべ》て俺の自業自得《じごうじとく》だ」

「でも……」

「恥《は》ずかしながら、怒《おこ》られるのは慣れてる。陽気がよかったせいで昼寝《ひるね》しちまったことにするさ。クビにならなかったら、また会おう！」

瑞鳳がおろおろして、泣きそうな顔をする。

「ク、クビ⁉　提督、いなくなっちゃうんですか⁉」

「あ……いや、冗談《じょうだん》だよ。そこまで厳しい処分はされないだろう」

たぶん——と心の中で付け足した。

軍隊において、遅刻というのは『仲間の命を奪《うば》いかねないミス』として扱《あつか》われる。一度の遅刻で、降格や左遷《させん》も珍《めずら》しいことではなかった。

瑞鳳とて、この組織に属する者だ。不安げな表情で見つめてくる。

「本当ですか？」

「約束する。必ず君を指揮するよ。一緒に深海棲艦を倒して……世界を守ろう」

「はい！」

目尻《めじり》をぬぐいながら、瑞鳳が右手の小指を差し出してきた。

「なんだ？」

「約束、ですよね？」

「ああ……急いでるから歌はなしだぞ」

俺は瑞鳳と小指を絡《から》め合う。小さな指だ。すべすべで、あたたかい。

この手で、深海棲艦を倒す弓弦《ゆみづる》を引くのか。

彼女がかわいらしく弾《はず》むように言う。

「ゆ〜び切った！」

「うむ。じゃあ、また後でな」

俺は指切りしたばかりの右手を軽く挙げると、雑木林へと走り出す。

来たとおりに木々の間を駆け戻《もど》り、土手を下って、桜の並木道を走り抜《ぬ》け、赤煉瓦の建物を目指すのだった。


鎮守府の敷地《しきち》というのは、やたらと広い。

兵器の格納庫や整備場。大勢の兵士が暮らすための宿舎や食堂や風呂場《ふろば》。病院や理髪店《りはつてん》や雑貨屋もある。街が丸ごと入っていると思えばいい。

あと、空き地が多かった。

べつに贅沢《ぜいたく》に土地を使っているわけではなく、多くは演習場のため。それと、敵から爆撃を受けたとき、隣《となり》の建物が近すぎると延焼してしまうからだ。

また、施設《しせつ》が使えなくなっても、兵士と兵器が健在ならば戦闘は続行する。そのとき仮設基地を建てる場所が必要だ。

つまり、瑞鳳のいた演習場から目的地の赤煉瓦まで、けっこうな距離《きょり》があった。

しかも初めて訪《おとず》れた建物だから、どこに司令室があるのかわからない。

どうにか司令室へ辿《たど》り着いたときには――もう十五時三九分になっていた。

部屋で待っていたのは、秘書官ならぬ〝秘書艦《ひしょかん》〟だという少女だ。

彼女は『正規空母、加賀《かが》』と名乗った。

その射貫《いぬ》くような視線に、俺の背筋が凍《こお》りつく。

「貴方《あなた》が提督なの？」

「は、はい」

立場としては、おそらく秘書艦よりも提督のほうが上だろう。

しかし、遅刻してきた身では、威厳《いげん》もへったくれもない。そのうえ、彼女は司令長官にも負けないくらいの鋭《するど》い眼光を持っていた。

容姿は短めの黒髪《くろかみ》を頭の左側で結《ゆ》っており、白の弓道衣《きゆうどうい》に胸当てをつけている。下は青色の袴《はかま》だ。

腰《こし》に硬《かた》そうな前垂れをつけていた。縞模様《しまもよう》や白線を引いたデザインに、飛行甲板を連想させられる。

しかし、なにより彼女の特徴《とくちよう》と言えるのは、その迫力《はくりよく》だろう。兵学校の鬼《おに》教官でも、ここまでではなかった。睨《にら》まれたのが新兵なら失神するかもしれない。

俺より若く見えるのに……

カ

まるで無数の戦場を経験してきた古参兵のような貫禄《かんろく》だった。

加賀が淡々《たんたん》とした口調で言う。

「……予定より、少し遅《おそ》くなったようね？」

「うっ……も、申し訳ない」

「理由を訊《き》いてもいいかしら？　言いたくないのなら、べつにかまわないけれど」

「よ、う……」

この迫力ある少女を前にして〝陽気がよかったせいで昼寝しちまった〟なんて言えるほど俺は剛胆《ごうたん》ではなかった。

ため息をつく。

「……俺のミスだ。言い訳はしない」

「そう」

「どんな罰《ばつ》でも受ける覚悟《かくご》だ。でも、俺はこの鎮守府《ちんじゅふ》でやることがある。だから、クビだけは困る」

加賀は無反応だった。

――なにも言ってくれないのか。

逆に、ものすごい重圧だ。

彼女が書類を差し出してきた。

士官は兵学校で、説明を求める前に資料を読むよう訓練されている。俺は渡《わた》された書類に目を通した。

「所属する艦娘《かんむす》の一覧……か」

写真と名前と艦種と、おおよその性能を数値化したデータが載っている。

艦娘について、瑞鳳に話を聞いていなかったら、なんのことやら意味がわからなかっただろう。

表紙には『艦娘図鑑《かんむすずかん》』と書かれていた。

女性のリストを〝図鑑〟と表現するのはどうなんだ？　と思ったが……軍艦《ぐんかん》だと思えば、べつに妙《みょう》でもないか。

容姿は年端《としは》もいかぬ少女だから、まだ慣れないけれど。

――この加賀さんだってな。

威圧感《いあつかん》はともかく彼女はかなりの美人だった。化粧《けしょう》っ気《け》がないのに目鼻が整っているから見栄《みば》えがいい。弓道衣に胸当てをつけてさえわかるくらいスタイルも豊かだった。

街を歩けば、男ならずとも振《ふ》り返るのではないか？　それを軍艦として扱えと言われても、なかなか難しいものがある。

つい見とれていると、加賀が目をすがめた。

「……私の顔に、何か付いていて？」

「あ、いや、えっと……この図鑑は、ずいぶんと詳細《しょうさい》だな。性格や主な交友関係まで書いてあるじゃないか」

「……青葉《あおば》が取材を元に書き足したようね」

「ああ、そういうのが趣味《しゅみ》の子もいるようだな、図鑑に書いてある。しかし、こいつは、わからない表記なんだが？」

「どこかしら？」

「北上《きたかみ》は大井《おおい》を〝親友〟だと思ってるらしいが、大井は北上を〝大切〟だと思ってるらしい。親友は大切なものだ。どうして表現を変えてるんだ？」

「……それは……どうしてかしらね」

ずっとジト目で睨んでいた加賀が、ついっと視線を逸《そ》らした。

説明しにくいことだったか？　まぁ、いい。そのうち本人たちと会えばわかるだろう。

別のことが気になる。

「……加賀さんは、深海棲艦《しんかいせいかん》を倒《たお》したことは？」

「戦績はこちらです」

ようやく提督《ていとく》と秘書艦らしい会話になってきた。

受け取った別の書類にも、目を通す。

「なるほど……ふむふむ……すでに多くの戦果を挙げていたのか。そいつは、失礼した」

「……みんな、優秀《ゆうしゅう》な子たちですから」

「みんな？」

彼女が背中に視線を流し、そこにある矢に右手の指先で触《ふ》れた。

つまり、その矢が〝みんな〟なのか。

そのときの表情は、これまでの冷たいものではなく、女性らしいやわらかさが感じられる微笑《ほほえ》みだった。

過去の戦闘《せんとう》記録を読み進める。

――それにしても、こいつはとんでもない情報じゃないか？

世界中で、ろくに対抗《たいこう》手段がないと思われている深海棲艦に対して、多大な戦果を挙げていた。

「すごいな」

「……図鑑はまだ埋《う》まっていません。他《ほか》の艦娘も、見つかっていないだけで、どこかにいると思います。おそらく」

「なるほど、そういう仲間を見つけることで〝戦力の増強〟ができるわけだな？」

「見つけるだけじゃなく、建造もできますが……そのあたりは、後から説明すればいいかしら？」

「手順は任せるよ。俺は全《すべ》て知らなくちゃならない」

あれこれ質問するのは学習において逆効果の場合もある。虫食いで中途半端《ちゅうとはんぱ》に覚えると、全てを理解する妨《さまた》げになるからだ。焦《あせ》らず、ひとつひとつ確実に知っていくことが、結果的に一番早い。

加賀がうなずいた。

「そうね、戦力の増強よりも……今、鎮守府にいる艦娘たちを大切にしてほしいものね」

「ああ、もちろんだ」

「……そのために、紹介《しょうかい》する場を用意していたのだけれど」

ため息をつかれてしまった。

どうやら、俺が遅刻《ちこく》したせいで顔合わせの機会を逸《いっ》してしまったらしい。

再び遅刻したことを指摘《してき》され、俺は白旗をあげる。

「すまなかった」

「……先ほど、罰がどうのというお話をされてましたが……ここでは提督が規則を決める立場です。私がなにをしろと命じることはありませんし、本部は任務さえ遂行《すいこう》できていれば、なにも要求してこないでしょう」

なるほど。

急に上の立場になったので、どうにも戸惑《とまど》ってしまう。

「そうか……俺が規則を、な……」

「とはいえ、若い艦娘たちへの示しがつかないわ。今回のことは上に報告しないけれど、以後は気をつけてちょうだい」

「恩に着るよ」

「……いえ」

「しかし、君が〝若い艦娘たち〟などと言うと、妙な感じだな」

「……どういう意味かしら？」

「俺から見ると、加賀さんも充分《じゆうぶん》に若い。人間なら、まだ女学生くらいの歳《とし》だろう？」

意外にも、彼女が頬《ほお》を染めた。

「そ、そんなこと言ったのは、貴方が初めてです」

「おや？　前任者は、よほど無口だったか。あるいは、女性への気遣《きづか》いができる御仁《ごじん》だったのかな。俺は学生時代から、どうも異性と話すのが苦手なんだ。失礼があったなら申し訳なかった」

「……前の提督は、たしかに無口で、気遣いのできる方だったわね」

「そうか。無骨者ですまん」

「でも、異性と話すことに慣れていたのかは……どうかしら？」

「ん？」

「あの方も、女性だったから」

なんと、前任者は女性の提督だったのか!? いないわけではないが、かなり珍《めずら》しかった。

考えてみれば、艦娘と言うくらいだから、彼女たちは全員が女性だろう。提督にも女性が抜擢《ばってき》されるのは妥当《だとう》に思えた。

「前任者は、どうしたんだ？」

それは……と加賀が言葉を濁《にご》して、うつむく。

「……貴方が気にすることではないわ」

そっけなかった。

なにか言えない事情があるのだろうか。あるいは、言いたくないのか。

「艦娘たちと、うまくいってなかったのか？」

「いいえ」

即答《そくとう》か。どうやら、肝心《かんじん》の艦娘たちとの関係は良好だったようだ。

少なくとも人心掌握《じんしんしょうあく》については、参考になりそうだな。

前任者をあまり意識しすぎる必要はないだろうが、同じ失敗をするのはつまらないし、成功したところは見習ったほうがいい。

「なあ、この鎮守府での遅刻の罰は、どうなってた？」

「まだ気にしてるの？　意外と生真面目《きまじめ》なのね」

「はは……司令長官からは〝糞真面目《くそまじめ》〟と評されたよ。自分では、それほど堅物《かたぶつ》じゃないつもりだけどな」

手を抜《ぬ》くと後で自分が困る。それを知っているだけだ。

今も同じ。

ここで自分の遅刻を適当に誤魔化《ごまか》したら、後で部下が規則違反《いはん》をしたときに何も言えなくなる。そんな甘えた艦隊《かんたい》では、深海棲艦に勝てるはずがないだろう。

加賀が窓の外へと視線を向けた。

赤色のカーテンが掛《か》かった普通《ふつう》の窓からは、港が見えている。

「……罰走よ。鎮守府の周りを」

「ああ、兵学校と同じだな。しかし、艦娘もか？　艦《ふね》なんだよな？」

「艦娘は海の上では魚より速く走るけれど、陸《おか》では普通の人間と変わらないわ。艤装《ぎそう》の火力や単純な腕力《わんりょく》は強くても」

「なるほど、地上を走るのは苦手なわけか……じゃあ、俺も同じ罰《ばつ》を受けるとしよう」

加賀が肩《かた》をすくめた。

「……無理ね」

「自慢《じまん》じゃないが、俺は罰走は得意だぞ？」

「……それは本当に自慢にならないわね。でも、得手不得手の問題じゃないの。今までの規則だと、遅刻一分につき鎮守府《ちんじゅふ》を一周なのよ」

「なぬっ⁉」

たしか、俺は十四時の着任予定で、到着《とうちゃく》が十五時三九分だった。

九九周もするのか⁉

加賀が死刑《しけい》宣告を読みあげるかのように抑揚《よくよう》のない声で言う。

「……鎮守府の内壁《ないへき》沿いの道は、一・八九一キロメートルあるわ」

「ぐおぁっ⁉」

「……志《こころざし》は立派だけど、ちゃんと話を聞いてから宣言することね。前の提督は、大幅《おおはば》に遅刻してしまったような子には、船渠《ドック》の清掃《せいそう》などを命じてたわ」

なるほど。

しかし、最初の一発目から自分に例外的な救済処分をしていては、やはり艦隊の規律は守れないのではないか。

たしかに、二キロ近くを九九周は無茶《むちゃ》ではあるが……

「ふむ……杓子定規《しゃくしじょうぎ》に無茶な罰を科さないで、ほどほどに現実的な処分を与《あた》えるというのは、俺も参考にさせてもらうよ」

「それがいいわね」

「艦娘《かんむす》たちが規則違反をしたときにはな」

「……なにを考えてるのかしら？」

「走るよ。救済は必要ない」

加賀が目を見開いた。

「馬鹿《ばか》なことを……どうして、そこまで拘《こだわ》るの？　軍人の誇《ほこ》り？　まさか男の意地だなんて言わないでね」

「艦隊を強くするには規律が必要だし、ときには罰を与えることもある。それを命じる俺が、まず自分に厳しくしないといけないからだ」

「言葉は立派……でも無謀《むぼう》なだけよ」

「やるさ。俺はただ提督をしに来たんじゃない。深海棲艦《しんかいせいかん》を倒しに来たんだからな」


病院で走っていたとはいえ、それはリハビリだった。

けっこうなペースで走るのは、久しぶりだ。

鎮守府の内壁正門の前に、加賀が立って、周回を数えてくれる。本意ではなかろうが、律儀《りちぎ》に手伝ってくれた。

自分でも馬鹿な真似《まね》をしてると思うが……

俺には、周りを納得《なっとく》させる他の方法がわからなかった。

立場を振《ふ》りかざし、部下たちを黙《だま》らせればいいのかもしれない。その度胸がない臆病《おくびよう》者なのかもしれない。

しかし、これが自分なのだから、仕方がなかった。

俺は息を弾ませて、車輛《しやりよう》一台が通れるくらいの幅《はば》の道を走る。

軍靴《ぐんか》の底が地面を叩《たた》いた。

ランニング用の靴《くつ》があるとよかったが、なんせ本部を訪ねて、そのまま連れてこられたため、仕方ない。私物は前の宿舎に置きっ放しで、そのうち送られてくる予定だった。

体内時計で五分ほどかけ、一周して戻《もど》ると、加賀が意外そうな顔をする。

「……速いのね」

「得意だと言ったろう？」

「……――」

横を通ったら、律儀にメモを取っていた。

前任者が艦娘の代表として秘書艦に選んだだけのことはある。しっかり者だ。

――彼女が提督《ていとく》をやったほうが、この艦隊はうまくいくんじゃないか？

歴史上の事実として、古参兵のほうが、新米の指揮官よりも現場を把握《はあく》しており、必要なことをわかっている場合は多かった。

今は仕方ない。

しっかり学んで、艦娘たちのことを知って、早く信頼《しんらい》を摑《つか》まなくては。

弱音など吐《は》いている暇《ひま》はなかった。

走る。

腕時計《うでどけい》に視線を落とした。やはり十三時で止まっている。ペースを計れないのは、ちょっと不便だった。

しかし、思ったより身体《からだ》が動いてくれる。気力が充実《じゆうじつ》しているからか？

道ばたの草むらの陰《かげ》から――

小さな女の子たちが顔を出した。

栗色《くりいろ》の髪《かみ》の、丸っこい顔の子が二人ほど。一方は自信満々の笑《え》みを浮《う》かべ、もう一方は怯《おび》えたような様子だった。

先に出てきた子が、俺のことを指さしてくる。

「ほら！　私の言ったとおり！　やっぱり新しい司令官じゃないの！」

「はわわ、本当に司令官さんなのです」

その二人の後から、ちょっと雰囲気《ふんいき》の異なる銀髪《ぎんぱつ》の女の子が現れた。透明感《とうめいかん》のある髪に隠《かく》れがちな瞳《ひとみ》で、ジッと見つめてくる。

「……新しい、司令官かい？」

その容姿にたがわぬ透《す》き通るような声だった。

たしか、駆逐艦《くちくかん》の艦娘たちだ。まだ幼い子供であることに驚《おどろ》いてしまう。

俺は走る速度を落とした。

「やあ、君たちは、第六駆逐隊の……？」

銀髪の子がうなずく。

「……響《ひびき》だよ……その活躍《かつやく》ぶりから、不死鳥の通り名もあるよ」

「雷《いかずち》よ！　雷《かみなり》じゃないわ！　そこのとこもよろしく頼《たの》むわねっ！」

「はわわ、電《いなづま》です。どうか、よろしくお願い――」

「それで!?　提督はなんで走ってるわけ!?」

電の自己紹介《しょうかい》が終わらないうちに、雷がかぶせてきた。

ついてくる彼女たちに合わせて、さらにペースを落とす。マラソンがお散歩になってしまったが、まさか無視するわけにはいかないだろう。

四人で歩く。

「はは……遅刻《ちこく》したから、罰走をな」

「ええっ!?　司令官なのに!?」

「司令官だからだよ」

こうして年下に見える女の子たちに説明すると、なんだか恥《は》ずかしかった。

ばふばふ、と雷が背中を叩いてくる。

「だいじょうぶよ！　きっとなんでも上手《うま》くいくわ！　だって、私がいるんだもの！」

「お、おう」

根拠《こんきょ》はなさそうだが、断言されると不思議と勇気づけられた。

電がおっかなびっくりという雰囲気で言う。

「あの、雷ちゃん、おじゃましてはだめなのです」

その隣《となり》を歩く響が、どんな感情も入ってなさそうな態度で尋《たず》ねてくる。

「……着任早々に罰走だなんて……だいじょうぶかい、司令官？」

「心配されるのは仕方ないけど、規則は規則だからな」

「……信頼されるためか。嫌《きら》いじゃない」

「ああ、ありがとう」

口調は淡々《たんたん》としているが、なかなか良い子のようだった。

思い出したように雷が訊《き》いてくる。

「罰走って何周するわけ？」

「あと、九八周だよ。じゃあ、そろそろ行くから、また後でな！」

俺は三人を残してペースを上げた。

唖然《あぜん》として、彼女たちが棒立ちになる。

「だ、だいじょうぶ！　私がいるじゃない!?」

「はわわ、びっくりしたのです」

「……さすがに、それは……難しいな」

どうやら、彼女たち艦娘からしても、無謀な挑戦《ちょうせん》に見えるようだった。

――新しい提督が罰走してる。鎮守府を九九周するらしい。

そんな噂《うわさ》が、瞬《またた》く間に広がった。

十周が終わる頃《ころ》には、正門前だけでなく、そこかしこに艦娘たちの姿を見かけるようになる。

遠巻きに見ているだけの子もいれば、声援《せいえん》を送ってくれる子もいる。一緒《いっしょ》に並んで走って話しかけてくる子もいた。

さすがに、全員とゆっくり話すだけの余裕《よゆう》はないので、軽く言葉を交《か》わして、「じゃあ、後でな！」と通り過ぎる。

二十周した頃――

ひときわ目を惹《ひ》く金髪《きんぱつ》の少女が、俺の姿を見つけるなり、手を振った。

その手には、水色のタオルを持っており、反対側の手には、コップがある。

「提督ぅ、おつかれさまです！　お水を用意しました～！」

蜂蜜《はちみつ》のように甘い声をかけてきたのは、たしか重巡洋艦《じゅうじゅんようかん》の愛宕《あたご》だ。

ぶんぶんと彼女が手を振ると――

胸が揺《ゆ》れる。

制服がはちきれんばかりだった。

さすがは重巡か。それはもう駆逐艦や軽空母とは比較《ひかく》にならない重量感のあるふくらみだった。

強《し》いて表現するならば……

どんぶらこっこ

――なにを考えてるんだ、俺は!?

ずっと禁欲《きんよく》的な生活を送ってきた自分には、いささか刺激《しげき》が強すぎたようだ。

頭を左右に振って邪念《じゃねん》を払《はら》う。

俺は水をもらうために、足を止めた。まだ先は長い。水も飲まずに走っていると、途《と》中《ちゅう》で倒《たお》れてしまうかもしれない。

彼女がコップを差し出してきた。

「私は愛宕。提督、覚えてくださいね？」

「ああ、もちろんだ」

「うふふ……ちょっと休憩《きゅうけい》していきませんか～？」

「残念だが、そうもいかない」

「ずっと走ってたら、疲《つか》れちゃいますよ？」

「罰走《ばっそう》だからな」

愛宕が手にしたタオルで汗《あせ》を拭《ふ》いてくれる。

やわらかいのに、しっかりしてて、不思議な肌触《はだざわ》りのタオルだった。

あら？　と彼女が笑いだす。

「いやーん！　これ、タオルじゃなかったわ～」

「なに？」

「お気に入りが見つからないと思ったら、タオルのとこに仕舞《しま》ってたのね～」

ぴろん、と広げられると、それは頭が入りそうな半球が二つ繋《つな》がったものだった。

タオルではなく、身につける布的なもので――!?

俺は声も出ない。

愛宕が赤面しつつ言う。

「ぱんぱかぱーんっ！　これ、私の胸部内壁《きょうぶないへき》でした～。タンクが大きいと肩《かた》が凝《こ》るのよねぇ」

「あわわ……」

——な、なにが、『ぱんぱかぱーんっ！』なんだ⁉　それは恥ずかしいことではないのか⁉　艦娘《かんむす》だからいいのか⁉

汗をぬぐってもらったはずが、別種の汗が噴《ふ》き出してきた。

足から力が抜《ぬ》けて、よろけてしまう。

愛宕が心配そうな顔をして。

「提督、やっぱり休んでいったほうが……お疲れみたいですよ～？」

「いやいやいや！　だ、大丈夫《だいじょうぶ》だ！　水、ありがとうな！」

今、ここで休憩したら、とうてい残りを走りきれないだろう。ずぶずぶと精神的に沈《しず》んでしまいそうで。

俺は休息の誘惑《ゆうわく》を振《ふ》り切り、再び走りだした。

日が暮れてきた。

夕焼けのなか、曲がり角に陣取《じんど》った駆逐艦の子たちの声援に押され、また正門へと辿《たど》り着く。

まだ周回は半分にも達していなかった。

体力的には、けっこう追い詰《つ》められているのだが……

次の一歩で膝《ひざ》から崩《くず》れ落ちても不思議ではないほどだった。

正門前には、他《ほか》の場所よりも大勢の艦娘たちが集まり、ひときわ大きな歓声《かんせい》を送ってくれる。

そのはずが……

まるで凍《こお》りついたように静かになっていた。十名以上の艦娘たちが、みんな固唾《かたず》を呑《の》んで押し黙《だま》っている。

近付くと、加賀が誰《だれ》かと話していることに気づいた。

「え？　瑞鳳!?」

俺は駆《か》け寄って、足を止める。

膝が震《ふる》えた。

厳しい顔をした加賀と、どちらかといえば柔和《にゅうわ》な印象の瑞鳳が対峙《たいじ》している。その理由のほうが気になった。

「お、おい？　なにしてるんだ？」

案の定、こちらを向いた瑞鳳の顔色は悪かった。

「あ、提督《ていとく》……話を聞きました……規則どおりに罰走だなんて、無茶《むちゃ》だと思います！」

「……まぁ、そうかもしれん。しかし、俺が率先《そっせん》して規則を破るわけにはいかん」

「でも！」

瑞鳳の言葉を加賀が片手で遮《さえぎ》る。

「この罰走は、提督が自分で決めたことです」

「そ、それなら……私も走ります！」

ぐっ、と瑞鳳が手を握《にぎ》りしめた。

加賀が怪訝《けげん》な顔をする。

周りで見ていた艦娘たちが、ざわつきはじめた。

大砲《たいほう》の代わりにカメラを手にした青葉が、身を乗り出してくる。

「あ、あの！　青葉、質問です！　どうして、瑞鳳さんが、そんなことを言うんですか!?　司令官と何かしら関係が!?」

ズバリ！　すでにこうなってしまうと、隠《かく》し通すのは難しかった。

瑞鳳がうなずく。

「提督が遅刻《ちこく》したのは……私のせいなんです」

青葉がにじり寄った。

「衝撃《しょうげき》の事実です！　新司令官が、まさか!?　そこのとこ、もっと詳《くわ》しく！」

「あ、あの……だから、私のとこで、提督が……寝《ね》てたせいで……」

「司令官と寝て!?　あああ青葉、聞いちゃいました!?」

ざわっ、と艦娘たちがささやき合う。あれこれ憶測《おくそく》が飛び交《か》った。よくない雰囲気《ふんいき》だ。

俺は慌《あわ》てて事態の収拾《しゅうしゅう》にかかる。

「ちょ、ちょっと待ってくれ！　なにやら誤解を生んだ気がするぞ!?」

艦娘たちの目が恐《こわ》くなった気がした。

仕方がない。

俺は観念して、遅刻した経緯《いきさつ》を話すことにする。

九九式艦爆《きゅうきゅうしきかんばく》の音に、我を忘れたなどと……理解してもらえるかは、わからないが……

話は深海棲艦《しんかいせいかん》に同期の親友を奪《うば》われたところから始めた。絶望的な状況《じょうきょう》で、瑞鳳が来てくれて、九九式艦爆に命を助けられたことを語る。

そして、しばらくの入院生活のあと、司令長官により抜擢《ばってき》され、提督に任命されたこと。

鎮守府《ちんじゅふ》を訪《おとず》れて再び艦爆のエンジン音を聞いたとき、夢中で走った気持ちを。

演習場に入りこみ、瑞鳳の訓練に巻きこまれて気絶した失敗を話すのは、少々恥《は》ずかしかった。

「——というわけでな。まぁ、全《すべ》ては俺のミスなんだ」

艦娘たちが、声をなくしていた。

じっ、と俺を見つめている。

どうしたんだ？

今の話に、よほどマズイことがあったのか、と不安になってしまう。

俺にマイクを向けていた青葉が、目元をぬぐって洟《はな》をすすった。

涙声《なみだごえ》で叫《さけ》ぶ。

「司令官、そうだったんですねぇ！　親友をっ！　そんな悲しいことがあったなんて……素敵《さくてき》も砲撃《ほうげき》も雷撃《らいげき》も、青葉にお任せを！」

それを皮切りに、彼女たちが口々に声をあげる。

「やってやるクマー!!」「提督、一生懸命《いっしょうけんめい》がんばります！」「オレに任せとけって！　世界水準軽く超《こ》えてるからなぁ～!!」「ええで！　ウチに期待してや！」

戦意が高まるのを感じた。

――ありがたい。

彼女たちは、人間ではない。だから、俺たちの命に、どれほど価値を感じてくれるのか、いささか不安もあった。

しかし、彼女たちは心から仲間だと思ってくれている。失われた者たちのために、涙して、戦う決意を口にしてくれた。

得難《えがた》いことだ。

「ありがとう、みんな」

瑞鳳が見つめてくる。今にも涙がこぼれそうなほど、瞳《ひとみ》がうるんでいた。

「て、提督……そんなことが……すみません。私、覚えてなくて……」

「それこそ気にしないでくれ。あのときは煤《すす》まみれだったし、頭から血を流して、酷《ひど》い有様だったんだ。親兄弟でも見分けがついたかどうか」

「で、でも……それに……あのときのル級は仕留められませんでした……私に、もっと艦《かん》載機《さいき》があれば……」

「なにを言う？　ヤツが深海棲艦のなかでも強いことくらい、俺も知っている」

――そうか、まだ在《あ》るのか。

あの戦艦《せんかん》ル級は……

岩柱を殺した、あの艦《ふね》は……!!

俺は震える右拳《こぶし》を、そっと左手で隠した。

戦意は必要だ。しかし、私怨《しえん》を部下に見せるなど、恥ずべきことだろう。

「……俺は、この世界を守るために、深海棲艦を倒したい。その気持ちだけは本当だ」

「はい、提督……どうか私にもお手伝いさせてください」

俺の意志に賛同してくれるのは嬉《うれ》しい。この艦隊《かんたい》を指揮するためには、絶対に彼女たちからの支持が必要だった。

「ありがとう、瑞鳳」

「あの……やっぱり、まだ走るんですか？」

「ん？　当然だな。自分で言い出したことだ。どんな決意も志も言葉だけじゃ意味がない。行動で示さないと」

拙《つたな》い手段だと自覚はしているが……

艦隊の規律を守るためにも必要だった。この罰走を途中《とちゅう》で放《ほう》り出したら、最初から救済処分にしたのと同じになってしまう。

瑞鳳は何か言いたそうな顔をしていたが、ぐっと唇《くちびる》を噛《か》んだ。俺の考えを汲《く》んでくれたのだろう。

「……わかりました、提督……私も次の戦いのために、自分の役割に戻《もど》ります」

「ああ、しっかりな」

小さな肩に、ぽんと手を置くと、そこに彼女が両手を添《そ》えてきた。

「でも……あまり無茶をしては、だめですよ？」

ほんのり、頬《ほお》に赤みが差しているのは、夕焼けのせいだろうか。見つめ合う。


どーん、と瑞鳳が横から押された⁉


愛宕だった。

瑞鳳を押しのけて、ぐいぐい迫《せま》ってくる。

「もお～、独り占《ひとじ》めはダメですよぉ⁉　提督ぅ、私、今日はお休みなんです！　ずっと応援《おうえん》しちゃいますからね～⁉」

「お、おう……そうか……感謝する」

「もしも疲《つか》れちゃったら～、甘えんぼさんしても、いいんですよぉ？」

彼女が両手を広げた。

そこにあるのは、やわらかそうなダブルベッドならぬふたつのふくらみで……

――ああ、いかん！

疲労《ひろう》のせいか、思わず倒《たお》れこみそうになった。

慌てて視線を引き剝《は》がす。

追いやられた瑞鳳が、むぅーっと唇を尖《とが》らせていた。彼女は自分の胸元《むなもと》を見て、ため息をつく。

周りにいる艦娘《かんむす》たちの視線が痛い。

――これ以上、この場にいると、提督としてよりも人間としての威厳《いげん》や信用を失いそうな気がする!?

立ち話をしてたおかげで、少し回復したようだ。

「それじゃあ、みんな！　ちゃんとした着任の挨拶《あいさつ》は、後でさせてもらうからな！」

俺は再び走り出す。

加賀の前を通ったら、彼女は何事もなかったかのように周回を数えた。クールだ。

そして、時計の針は進む――

どこから持ってきたのか、探照灯が向けられて、俺の周りだけが明るくなっていた。

「任しといて。ちゃんと照らすからね！　はぁ～、夜はいいよね～、夜はさ～」

妙《みょう》にテンションの高い子がいる。

昼間は姿を見かけなかったが……

というか、今も探照灯の逆光のせいで、顔が見えないのだが……

「えっと……君は？」

「川内《せんだい》、参上！　夜戦なら任せておいて！」

──夜戦なのか、これは？

彼女は軽巡洋艦《けいじゅんようかん》の川内だった。

ずっと応援してくれていた駆逐艦《くちくかん》の子──雷たちが、そのまま草原《くさはら》で寝てしまっている。

ブツブツ文句を言いつつ、天龍《てんりゅう》が背負って部屋へと運んでくれた。見た目や口調は威《い》圧《あつ》的だが、実は面倒見《めんどうみ》のいい性格らしい。

俺の身体《からだ》は疲れ果てて、もうマラソンというより、強行軍で進む兵士のような足取りになっていた。

爪先《つまさき》を引きずりつつ前に出し続ける。

靴《くつ》の中が、ぬめっとした。

おそらくは、皮膚《ひふ》が破れて血が出ているのだろう。

最初は五分少々で回っていた道を、今や二十分近くかけていた。

壁《かべ》にぶつかる。

――あれ？

道の真ん中に壁があるなんて、不思議だった。ちゃんと照らしてもらっていたのに、道を間違《まちが》えたのか？

いや、違う。

ようやく認識《にんしき》する。

壁と思っていた場所は地面だった。俺は倒れてしまっていた。

「ううぅ……」

「提督《ていとく》ぅ～～～!?」

駆《か》け寄ってきたのは、愛宕だった。

「もう、やめてください！　死んじゃいますぅ！」

「……なに……ちょっと休んでただけのことだよ……ケホッ」

喉《のど》の奥が痛い。

しかし、まだ痛いということは、まだ生きているということだった。手も足も、まだ痛い。まだ動かせる。

俺は両手を地面について、身体を起こした。

他《ほか》の艦娘たちも駆け寄ってくる。

口々に心配を言葉にして、なかには無理矢理《むりやり》にでも休ませようと言い出す者までいた。

俺はなだめるように笑顔《えがお》を見せる。

「ほんと……大丈夫《だいじようぶ》……これくらいで人間は死んだりしないから」

今、この瞬間《しゆんかん》も──世界のどこかの戦場で、兵士たちが勝ち目のない戦闘《せんとう》に身を投じている。俺だけが、休んでいるわけにはいかない。そんな惰弱《だじやく》は、俺が俺を許さない。

愛宕が手を伸《の》ばしてくる。

「提督ぅ、もう休んでください！」

彼女の優《やさ》しい手を、やんわりと押しとどめた。甘えるわけにはいかない。

探照灯の光のなかに、また一人の姿が入ってきた。

「……瑞鳳か？」

「提督、これ……間宮《まみや》さんに頼《たの》んで作ってもらったんです」

「ま、みや？　なんだ？」

「給糧艦《きゆうりようかん》の間宮さんです。いつもはアイスとか作ってくれるんですけど、今日はドリンクを。きっと元気になりますから」

「そうか……そいつは、ありがたいな」

「きっと、提督は……私がなんて言っても、やめないから……だから……私にできるのは、これくらいです」

俺は受け取った水筒《すいとう》から、一口、液体を喉へと流しこむ。

ピリっとした辛《から》さと、何か不明だが濃厚《のうこう》な匂《にお》いと、甘いような苦いような味があった。

美味《おい》しいとは思わないが、麻痺《まひ》した身体に再び命を吹《ふ》きこんでくれる。

少しむせた。

しかし、感覚が戻ってきた気がする。

「ケホ……ふぅ……ありがとうな、瑞鳳。だが、ひとつ間違ってるぞ？」

「え？」

「君にできるのが、これくらいなんて……そんなことはない。君には無限の可能性がある。他のみんなにも……それを引き出すのが、俺の役目だ」

瑞鳳や、周りにいた艦娘たちが、息を呑《の》んだ。

片手を挙げ、また走り出す。

延々と……

延々と……

——何周目になった？

加賀が数えてくれているが、意識が朦朧《もうろう》として聞いていなかった。

足を動かす。

夜の鎮守府《ちんじゆふ》を、歩くような速さで走り続ける。

何個目かの角を曲がった。

声が聞こえる。

「あら、あらあら、とうとう九九周目なの？　ふぅん、なかなかやるじゃない？」

頭にツンと尖った角みたいな艤装《ぎそう》をつけた女性だった。肩《かた》もお腹《なか》も出してて、ちょっと露出《ろしゆつ》が多めだ。品定めするような視線を向けてくる。戦艦の陸奥《むつ》だった。

彼女の言葉に、俺の飛びかけていた意識が引き戻された。

——九九周目!?

赤煉瓦《あかれんが》の建物の部屋という部屋に明かりが灯《とも》っている。

建物の中から。

正門の前から。

俺の後ろから。

何人もの艦娘たちの声が聞こえてくる。みんなが声援《せいえん》を送ってくれていた。

もうすぐ朝日が昇《のぼ》ろうかという時間になって——

とうとう、正門前に辿《たど》り着いた。

膝《ひざ》から崩《くず》れる俺を、加賀が抱《だ》き留めてくれる。

ぼふっ、とやわらかい感触《かんしょく》に包まれた。

「……九九……終わりです。寝《ね》るなら、自分の部屋に戻ってちょうだい」

「ああ……」

「……ここまでする意味があったのかしら？　たいがいにして欲しいものね」

「そうだな……」

やっぱり、加賀は厳しい。

しかし、そんな彼女が、次に口にした言葉は、このうえなく優しげな響《ひび》きに満ちていた。

「………おつかれさまでした、提督」

第2章　戦艦と空母

窓にかかったカーテンの隙間《すきま》から、陽光が差しこんでいた。

俺は……寝ていたのか……

司令室の隅《すみ》に置かれた布団《ふとん》の中にいた。官給品の煎餅《せんべい》布団だが、海に出ると大の字になって寝ることは難しい。久々に陸《おか》に戻《もど》ると、この安物が極上《ごくじょう》の寝床《ねどこ》に感じられる。

今も、そうだ。

じんわりとした暖かさに包まれ、ここから出たくなかった。

とはいえ、いつまでも惰眠《だみん》を貪《むさぼ》ってはいられない。昨日は罰走《ばっそう》で潰《つぶ》してしまった。早く提督としての仕事を覚えなくては！

身体を起こそうとする。

みしり、と背骨が軋《きし》んだ。

「うっ……」

刺《さ》すような痛みに、うめき声をもらしてしまった。

それでも、なんとか掛《か》け布団をどけようとするが……重い。

――腕《うで》に力が入らないのか？

どうも違う感じだ。布団が引っかかっているようだった。

首を持ち上げて、視線を向ける。

掛け布団の端《はし》に――

少女がつっぷしていた。

榛色《はしばみいろ》の髪《かみ》と、紅白のハチマキが見えている。艤装は外しているようだが、白を基調とした巫女《みこ》装束《しようぞく》らしき服を着ていた。

どこからどう見ても、瑞鳳が俺の布団に寝てる！

「ッ⁉」

心臓が止まるかと思った。

しかも、彼女の服がはだけて、きわどい箇所《かしよ》まで見えてしまいそうになっている。白い肌《はだ》と、なめらかな鎖骨《さこつ》と、ふくらみかけの丘《おか》まで……

――どうするんだ⁉

俺の首筋を冷たい汗《あせ》がつたい落ちる。

兵学校では教わらなかった。年端《としは》もいかぬ少女が横で寝ていて、その服が乱れていたときの対処法など。

知らぬ顔して布団から出てしまうべきか？　しかし、起きたときに彼女が恥《は》ずかしい思いをするのではないか？

ならば、今、気づかれないように直してやるべきか？

服装を直すだと⁉

馬鹿《ばか》な！　婦女子の衣服に触《さわ》るというのか⁉　婚姻《こんいん》を結んだわけでもない女性に触《ふ》れるなど、男として許されない軽薄《けいはく》な行いではないか！

しかし、それが彼女を守るためなら……

誰《だれ》かが為《な》さねばならぬのならば！

「俺は、あえて愚《ぐ》を犯《おか》そう」

瑞鳳の胸元《むなもと》へと手を伸ばす。

「……彼女の格納庫になにか御用《ごよう》？」

「うおわっ⁉」

いきなり浴びせられた冷ややかな声に、俺は熱い物でも触ったみたいな勢いで手を引っこめた。

声のしたほうへ顔を向けると——

司令室の扉《とびら》を開けて、加賀が入ってきていた。凍《こお》るような視線で睨《にら》んでくる。

「……たいがいにして欲しいものね」

「うぁ、いや、これは……服装が乱れていたので……」

「犯そうと？」

「誤解だ！」

「とにかく、布団から出てもらえるかしら？」

「ああ」

「それと——艦娘《かんむす》たちには必要以上に近付かないでちょうだい」

すっかり不審《ふしん》者扱《あつか》いだった。仕方ないところだが。

ため息をつき、布団から這《は》い出る。

全身に鈍痛《どんつう》があった。

「痛……」

「どうやら、生きてはいるようね？」

「はは……大げさだな」

加賀が唇《くちびる》をへの字にして、馬鹿を見るような顔をする。

「……走りきった直後に、呼吸が止まって、汗も出なくなり、体温が下がり続け、唇が紫色《むらさきいろ》になって……死んでしまうかと思ったのだけれど？」

「え？　俺がか？」

「覚えてないのね……そう……意識がなかったから当然かしら」

「そんなはずは……走りきったところで、寝てしまったことは覚えてるんだがな？」

彼女が呆《あき》れたように、ため息をついた。

まさか死にかけていたとは。

ちょっと無茶《むちゃ》しすぎたか。

加賀の話によると、大勢の艦娘たちが司令室に押しかけて、安静に寝かせることもできない状況《じょうきょう》だったらしい。

結局、瑞鳳一人が看病に残ったという。

「……愛宕や雷も、残ると言ってきかなかったのだけれど」

「そいつは面倒《めんどう》をかけてしまったな。しかし、どうして、瑞鳳だけになったんだ？」

「……ジャンケンで勝ったからよ」

「お、おう」

「……この子は、運がいいみたいね。戦場では重要なことだわ」

つっぷして寝ている瑞鳳に、加賀が視線を落とした。その表情は、姉が妹を見守るように優《やさ》しげだ。

俺も、かわいらしい寝顔《ねがお》を眺《なが》める。

「たしか、瑞鳳の〝瑞〟は、幸運を示す字だそうだ。いいことが起きる前触《まえぶ》れを〝瑞兆《ずいちょう》〟と言ったりする」

「……そう」

「加賀さんの〝賀〟は、たくさんの礼物を贈《おく》ってお祝いする、という意味があるな。いい名前だ」

「……そ、そう」

「どうした？」

彼女が頬《ほお》を赤らめる。口元を手で隠《かく》した。

「……また、そういうことを」

「ん？　もしかして、照れてるのか？」

「照れていません。迷惑《めいわく》です。やめてちょうだい。そんな戯《たわむ》れより、早く艦娘たちのことや鎮守府《ちんじゅふ》での仕事を覚えてほしいものね？　いつまでも肩書《かたが》きばかりの提督《ていとく》では困るわ」

ぴしゃり、と怒《おこ》られてしまった。

俺は背筋を伸《の》ばす。

「は、はい」

「まず艦娘たちに着任の挨拶《あいさつ》を……あ……その前に、お風呂《ふろ》に入ったほうがいいかしら？」

「ああ、たしかにな」

俺は自分の袖《そで》を鼻の近くに持ってきた。

汗の臭《にお》いがする。

他《ほか》に服の用意などなかったから、この制服で走ってしまった。しかも、そのまま寝たものだから、酷《ひど》く汚《よご》れている。

加賀が部屋の隅を指さした。ダンボール箱が置いてある。

「今朝、司令本部から荷物が届きました。提督の私物だそうです」

「そいつは、助かるな」

確かめてみると、替《か》えの下着や制服が入っていた。どうにか、人前に出られる格好になりそうだ。

「……一緒《いっしょ》にこれも」

差し出されたのは、補給のリストだった。洗濯《せんたく》バサミやタオルなどの細々《こまごま》とした備品と一緒に、各種の資源も納品されている。

「ふむふむ……燃料はわかるが……弾薬《だんやく》、鉄、ボーキサイト？　ずいぶんと大雑把《おおざっぱ》だな？」

「それが使いやすいようね」

「あ、もしかしてここにもアレがいるのか？」

司令長官に見せられた、よくわからない存在を思い出した。

俺の問いに、加賀が少々考えるような素振《そぶ》りを見せる。

「そんなことも教えられてないの……そう……艦娘の艤装《ぎそう》を建造、修理するのは、ただの人間にはできないことだと聞いています」

「なんだって⁉　整備の連中はどうしてるんだ⁉」

「……あとで、工廠《こうしょう》のほうも案内しましょう」

加賀が窓の外を見つめる。視線の先には、海に面した建物があった。あれが工廠か？

まったく知らないことだらけだ。

「すまないが、よろしく頼《たの》む。さて、まずは身綺麗《みぎれい》にしてくるかな」

「……そうしてちょうだい……艦娘はデリケートなのだから」

俺は風呂場へと向かった。

加賀に教えられたように廊下《ろうか》を歩き、階段を降りて、また廊下を歩いた。風呂は司令室とは別の棟《とう》にあるらしい。

途中《とちゅう》で艦娘たちの姿を見かけることはあったが、自分と同じような兵士の姿はなかった。

——この鎮守府には艦娘しかいないのか？　てっきり、精鋭《せいえい》が集められてると思っていたのだが、整備士さえいないのか？

風呂場の前。

壁《かべ》に〝一〟から〝三〟まで数字の書かれた札がかかっている。

張り紙があった。

『船渠の使用者は札を持って入ること』

付け足しで、『使い終わったら、ちゃんと札を元に戻《もど》しましょう』と書いてある。

これは、風呂に入ってみたら満員だった、という事態を避《さ》けるための小道具か。

「ふむ……ここは艦娘も使うわけか。そうすると、俺が入ってるときに、誰かが入ってきたら困るな」

真っ昼間から風呂を使う者はいないだろうが、念のために全《すべ》ての札を持っていく。こうすれば、誰も入ってこないはずだ。

独占《どくせん》するのは申し訳ないが、風呂場で異性と遭遇《そうぐう》するよりはいいだろう。

「……女性の兵士がいると、こういうときに気を遣《つか》うものだな」

軍艦《ぐんかん》の風呂は、班ごとに使える時間が厳密に決まっており、一分でも遅《おく》れると次の班にどやされる。しかし、全員が男であったから、脱衣《だつい》所で互いに気遣《きづか》うようなことはなかった。

木戸を開ける。

黒髪《くろかみ》を腰《こし》まで伸ばした女性が、今、まさに脱《ぬ》いだところだった。

墨汁《ぼくじゅう》を垂らしたような漆黒《しっこく》の髪。緋色《ひいろ》がかった瞳《ひとみ》。引き締《し》まった筋肉と、スラッと長い手足。健康的な色の肌《はだ》は、どこまでもなめらかで、シミひとつなかった。

起伏《きふく》のはっきりした身体《からだ》は、まるで西洋の彫刻《ちょうこく》のようだ。

頭にトゲのような角を着けている。この形は、たしか戦艦《せんかん》――長門《ながと》!?

こちらを見た彼女が、驚《おどろ》いて目を丸くする。

「なっ⁉」

俺は、その姿に見入って、固まってしまっていた。

「あ……う……」

「な、な、なんだ、貴様は⁉」

「えっ、あっ、いや、俺は……その……」

頭が真っ白になって、咄嗟《とっさ》に言葉が出てこなかった。

俺は中尉《ちゅうい》で……あ、そうじゃない。たしか、少佐《しょうさ》になったんだ。ああ、ここで名乗るべきは階級ではなくて……

ぐるぐると思考が回ってしまう。

長門は〝四〟の札を持っていた。そうか、四まであったのか。不覚だった。

俺が棒立ちになっていると、彼女が鋭《するど》い目つきで睨みつけてくる。

「貴様、何者かと訊《き》いている！」

「……お、俺は……そう、提督だ」

「なに⁉ そうか、貴様が陸奥の言っていた……なるほどな」

どうやら、もう話は通っているらしい。

俺は帽子《ぼうし》を取った。

「すまなかった。てっきり昼なら誰《だれ》も風呂に入ってないと思ったもので」

「さっき、帰港したところなんだ。しかし、提督よ……話は後にしてもらえると助かるんだが？」

「そ、そうだな！」

「うむ……」

彼女は憮然《ぶぜん》として、脱いだばかりの手袋《てぶくろ》を籠《かご》に放《ほう》りこむ。

当然、風呂に入るには、他の衣服も脱がなければいけないわけで、俺が脱衣所にいては無理というものだ。

それにしても、ちょうど手袋だけ脱いだところでよかった！　全ての服を脱いだところに入ってしまったら大事《おおごと》だったな！

上腕まで覆《おお》う手袋を取った長門の腕《うで》は、それは見事に引き締まり、肌も綺麗《きれい》だった。

思わず見とれてしまったくらいだ。

俺は冷や汗《あせ》をぬぐうと、脱衣所から外に出る。

外で待つしかないか。まさか一緒に入るわけにはいかないからな。

結局、三時間以上もの長風呂《ながぶろ》を、脱衣所の前で待つことになってしまう。

その間、俺は加賀から預かった資料を読みふけったのだった。


午後一時――

ようやく艦娘《かんむす》たちを集めて、俺は着任の挨拶をした。

加賀が前任者から引き続き、秘書艦を務める。

艦娘たちは遠征《えんせい》に出ている子もいるようだが、兵学校の一教室の生徒数より多かった。

昨日のことがあって、もう言葉を交《か》わした艦娘も多い。

その列には、瑞鳳の姿もあった。

愛宕が愛想《あいそ》よく手を振《ふ》る。

隣《となり》で重巡の足柄《あしがら》が「挨拶なんていいから、早く出撃《しゅつげき》させて!」と飢《う》えた狼《おおかみ》のような目で訴《うった》えていた。

俺の挨拶はつつがなく終わる……そのはずだった。

青葉がマイクを向けてくる。

「司令官！　この艦隊《かんたい》をどうしていくか、一言、お願いします！」

「ん？　そうだな……規律を守り、精進《しょうじん》を重ね、護国救世の士とならんとするを……」

「もうちょっと具体的に！」

「……戦闘《せんとう》記録を読んだが……この艦隊には航空戦力が不足しているようだ。まずは、その増強に努めたい」

艦娘たちが、ざわついた。

それほど意外なことを言っただろうか。

「提督、聞き捨てならんな！」

前に出てきたのは、長門だった。

ガッと腰に手を当てて、つんと形のいい胸を張る。立っていてすら、躍動感《やくどうかん》のある身体つきだった。

俺は彼女と正面から向き合う。

「なにか不服があるのか？」

「戦闘は火力だ！　装甲《そうこう》だ！　敵戦艦との殴《なぐ》り合いこそ、最も重要ではないか!?」

「たしかに、砲戦《ほうせん》の火力は重要だが、空母と艦載機も同じくらい重要で」

「飛行機なんぞで、深海棲艦《しんかいせいかん》の装甲が貫《つらぬ》けるか!?　大口径の主砲《しゅほう》こそが、勝敗を左右するのだ！」

これに反論したのは、意外にも瑞鳳だった。

「そ、そんなこと、ありません！　艦載機《かんさいき》だって活躍《かつやく》できるんです……ぅ……と思うんだけどなぁ……」

空母たちの気持ちを代弁しての抗議《こうぎ》だったが、長門に睨《にら》みつけられて、だんだんと声が小さくなってしまう。

長門が肩をすくめた。

「私とて飛行機を馬鹿《ばか》にする気はないがな。充実《じゅうじつ》させるならば、まず艦砲《かんぽう》だ。今の火力では、あの海域の敵を倒《たお》すことができん！　大口径主砲の量産こそ最優先だ！」

「ううぅ……」

瑞鳳は長門の迫力《はくりょく》に押されっぱなしだった。

仕方がないところか。いかにも武人といった雰囲気《ふんいき》の長門に対して、瑞鳳は艦娘のなかでも普通《ふつう》っぽい女の子だ。

もちろん、長門に悪気がないこともわかっている。

彼女は艦砲こそ至高の武器だと信じていた。その価値観は、これまでの戦いの記憶《きおく》から培《つちか》われたものだろう。

俺は帽子をかぶり直した。

「うーん……しかし、戦闘記録からするとだな……」

「提督《ていとく》は艦娘の戦いというものを、見たことがないのではないか？」

「……そうだな」

瑞鳳が戦っている姿は目にしたが、あれで〝見た〟と言い張るのは、さすがに無理がある。

にやり、と長門が自信ありげに笑った。

「その目で、しかと見るがいい。そうすれば、意見も変わることだろう！」

「俺を戦闘海域まで連れて行ってくれるのか？」

「いや、それはできない。私たちは人間を乗せられない。ちょっと見せてやるために戦いを挑《いど》めるほど、深海棲艦は甘い相手ではないしな。だから！　艦娘同士の演習を見せてやろう！」

「ほう……」

普通の艦船《かんせん》でも、日々訓練として演習をする。艦娘たちが、どのように行うのか興味が湧《わ》いた。

「戦艦は私と陸奥だけで充分《じゅうぶん》だが……あまり数が少ないと、それらしくないからな……」

長門が艦娘たちを見渡《みわた》す。

はーい、と愛宕が手を挙げた。

「私も出るわ。提督に実力をわかってもらいたいもの～」

「演習だろうと、砲雷撃戦《ほうらいげきせん》なら任せてちょうだい！　戦場が！　勝利が私を呼んでいるわ！」

足柄だった。

彼女たち重巡洋艦《じゅうじゅんようかん》が、戦艦に次ぐ火力を持っているらしい。

長門がうなずいた。

「いいだろう――それで、空母のほうはどうする？　こちらは四隻《せき》だが、そちらは何隻でもかまわないぞ？」

瑞鳳が先頭に立った。

「わ、私が出ます！　軽空母だって、頑張《がんば》れば活躍できるはずよ！」

空母ということなら、加賀は正規空母だ。軽空母よりも戦闘力は高いはずだった。

「君も出るのか？」

「……提督が命じるのであれば」

「今回は、自主性に任せてみるかな」

見ていると、龍驤《りゆうじよう》が名乗りをあげた。関西弁らしき言葉遣《ことばづか》いをする子だ。瑞鳳と同じく軽空母の艦娘である。

「ほほう？　どうやら、ウチのことが必要みたいやねえ!?」

他《ほか》にも、瑞鳳が姉妹艦だと言っていた祥鳳が出ることになった。同型ということで服装は似ているが、祥鳳のほうが大人びて見える。歳《とし》の離《はな》れた姉妹なのかもしれない。

三隻だけでは不利だろうと思っていたら——

緋袴《ひばかま》の弓道衣《きゆうどうい》に身を包んだ、黒髪《くろかみ》の少女が前へ出てきた。柔和《にゆうわ》な表情の奥に、加賀と同じような貫禄《かんろく》を感じさせる。

「航空母艦《こうくうぼかん》、赤城です。空母機動部隊を編成するなら、私にお任せくださいませ」

資料にあった、一番古くから艦隊にいる空母だ。

それだけ実戦経験も豊富で、周りからの信頼《しんらい》も集めている。

落ち着いた大人の女性という雰囲気だ。

長門が不敵な笑《え》みを浮《う》かべた。

「いいのか？　お前が出て負けるようだと、言い訳がきかないぞ？」

「もとより、言い訳なんてする気はありません。これは演習でしょう？　日々の鍛錬《たんれん》は欠かせませんから」

瑞鳳が嬉《うれ》しそうに声を弾《はず》ませる。

「ありがとうございます、赤城さんが出てくれれば！」

「お礼なんて……鍛錬を積んだ自慢《じまん》の艦載機たちを信じましょう。大丈夫《だいじょうぶ》、きっと勝てるわ」

「はい！」

俺は小声で加賀に話しかける。

「……赤城は、ずいぶん慕《した》われてるな」

「当然ね。赤城さんだもの」

「ふむ」

どうやら、加賀も赤城を信奉《しんぽう》している一人らしい。

演習は、長門率いる戦艦《せんかん》組と、赤城率いる空母組の対戦となった。

加賀が小声で、不安を口にする。

「……でも……この顔ぶれだと、少し心許《こころもと》ないかもしれないわね」

俺はまだ加賀の言葉の意味を知らなかった。
彼女らの夕飯――補給の資源消費を見て戦慄《せんりつ》することになるが……それは後の話だ。

俺の着任の挨拶《あいさつ》は、うやむやのまま終わり、加賀と一緒《いっしょ》に司令室へと戻《もど》ってくる。

彼女が机に海図を広げた。

「……今回の演習場は、ここを提案します」

図には『鎮守府《ちんじゅふ》正面海域』と記されている。

島が点在するが、海流は穏《おだ》やかで、深海棲艦の出現頻度《ひんど》も低い。比較《ひかく》的、安全と言える海だった。

「問題ない。しかし、艦娘は人間を運べないんだよな？　俺はどこで見ればいい？」

「この機会に、艦隊指揮のやり方を覚えてください」

「ふむ？」

「司令室には通信機があります。これを使って、海に出ている艦娘《かんむす》たちと連絡《れんらく》を取ります。みんなの状態を把握《はあく》することもできるでしょう」

見た目には、古ぼけた箱型のＴＶだった。伝声管のようなマイクと、小型スピーカーがついている。

「これで艦娘と通信できるのか⁉」

「はい」

「ずいぶん便利だな」

「……通信といっても制限があります。司令部から送れるのは、短い命令だけ。基本的には、出撃した艦娘たちの状態を把握して、進軍《しんぐん》するのか、撤退《てったい》するのか……その判断をしてください」

「進軍か撤退かの命令だけか……ううむ……まぁ、現場を詳《くわ》しく把握してない司令官が、遠くからアレコレ指示しても、戦闘の邪魔《じゃま》をするだけだものな」

「はい」

「俺が前線に出られればいいんだがな……君たちのような力を授《さず》かって……」

叶《かな》わぬ望みを口にした。

加賀が、そっと目を伏《ふ》せる。

「……艦隊《かんたい》指揮を託《たく》せる子を旗艦《きかん》に選んでください。私たちは提督の期待に応《こた》えられるよう全力を尽《つ》くします」

「ああ、そうだよな。ありがとう」

事前の準備と、要所での判断が、俺に与《あた》えられた仕事というわけだ。

通信機のモニターに、文字や記号が表示される。

艦船に積まれているレーダーに似ていた。

加賀が情報の読み方を教えてくれる。

「これが艦《ふね》の状態を示した数値で、これが残りの燃料と弾薬《だんやく》で……」

「ふむふむ……」

「空母は弾薬の消費は少ないですが、艦載機を失うとボーキサイトの補給が必要になります。とくに、相手に制空権を取られてしまうと……」

「ああ、もらった資料に書いてあったな」

空母の艦娘は、艦載機の回復にボーキサイトを使う。とはいえ、艦娘は普通の船舶《せんぱく》ではないので一般《いっぱん》的な知識は通《つう》じない。

早く多くを学ぶ必要を感じた。

補給に必要なボーキサイトは、失った艦載機《かんさいき》の数に比例する。

そして、艦載機は制空権がないと、大幅《おおはば》に失われてしまうのだ。

「瑞鳳に彩雲《さいうん》を載《の》せてくれ」

彩雲というのは、空母系の艦娘が使える艦載機のうち、いわゆる偵察《ていさつ》機と呼ばれる類《たぐい》の航空機だった。

あの戦争における同名の偵察機と似ているが、こちらは艦娘用に造られたものらしい。

瑞鳳の九九式艦爆《きゅうきゅうしきかんばく》のように、矢がプロペラ機の姿に変わる。

俺の指示に、加賀が首をかしげた。

「彩雲なら、赤城さんが積んでいますが？」

「赤城は艦攻《かんこう》に専念してもらったほうがいいかな」

「……そう伝えておきます」

用意できる攻撃機《こうげきき》は、九九式艦爆と九七式艦攻《きゅうななしきかんこう》ばかりか。

しかし、この鎮守府には、わずかに彗星《すいせい》と天山《てんざん》があるらしい。より高性能な艦載機だ。

資料によれば、それを持っているのは、加賀だった。

彗星と天山を赤城に載せたら、空母組に有利となるだろう。

けれども、加賀が〝みんな優秀《ゆうしゅう》な子たちですから〟と誇《ほこ》らしげに語ったときの顔を思い出すと、艦載機を安易に奪《うば》うのは躊躇《ためら》われる。

士気は重要だ。

瑞鳳に偵察機を載せ、赤城、龍驤、祥鳳に九七式艦攻を多めに載せるよう指示をした。

「これで頼《たの》むよ」

「……提督《ていとく》、艦爆より艦攻を使うのは、なにか理由が？」

「過去の戦闘《せんとう》記録を見ると、制空権を取れてるときは、艦爆より艦攻が戦果を挙げてるようだからね」

「そうでしたか？」

「違《ちが》ったかな？」

「艦攻は戦果を挙げる反面、撃墜《げきつい》されやすく、消耗《しょうもう》が激しいという印象でしたが……」

「統計を取ったりは？」

「戦場には、多くの要素があります。ひとつとして同じ状況《じょうきょう》はありません。戦訓は大切なものですが……」

つまり、戦闘記録の分析《ぶんせき》は、あまり重要視していないわけか。

俺は異なる意見を持っているが、それは自分がやればいいことだ。加賀は秘書艦であって見習い提督ではない。

「まぁ、せっかくの演習だ。これを試《ため》してみてくれ」

「わかりました」

今回の演習では、戦艦組に戦闘機がない。制空権は間違《まちが》いなく取れるだろう。

それでも、空母組は分が悪そうだった。

戦艦組の長門や陸奥は何度も出撃《しゅつげき》しているだけあって、とくに装備の変更《へんこう》は必要ない。

主砲《しゅほう》と副砲《ふくほう》と電探を積んでいる。

俺の命令を加賀が伝えて、装備を改めたあと――艦娘たちは演習へと出撃していった。


俺は古いTVのような通信機の前で、戦況《せんきょう》を見守っている。

横には加賀が立ち、同じようにモニターを見つめていた。その顔は、いささか不安げで、心配しているようでもある。

彼女が空母組として参加すれば、もっと状況はよくなったと思うが……

秘書艦という立場もあって自重したのだろう。

双方《そうほう》の艦隊が、徐々《じょじょ》に接近する。

「そろそろ、かな？」

「……はい」

加賀が小さくうなずいた。

広大な海域を、彩雲が高速で駆《か》ける。

戦闘機より高速で、長距離《ちょうきょり》を飛ぶことができ、それだけ敵艦隊を早く発見できる高性能な偵察機だ。

天候が快晴だったこともあり、ほどなく戦艦組を捕捉《ほそく》した。

瑞鳳が報告する。

「敵艦隊、発見！　戦艦二、重巡二！」

相手の詳細《しょうさい》な情報がもたらされる。距離と位置と進航方向から、予想針路も割り出された。

彼女たちは、水面をスケートのように滑《すべ》っている。

その足下《あしもと》には、やはりなんの舟艇《ボート》もない。

不思議な光景だった。艦娘たちにとっては、これが当然のことなのだろうが。

敵艦隊発見の報を聞いて、龍驤がガッツポーズをする。

「やったで！　きっと相手は、まだウチらを見つけられてへん！　こいつは、チョー有利な展開や！」

赤城も満足げな笑《え》みを浮《う》かべた。

「慢心《まんしん》してはダメ。全力で参りましょう！　でも……これで勝ったも同然ですね！」

俺は艦娘たちの会話を聞きながら、眉根《まゆね》を寄せる。

「なあ？　なんか、思いっきり慢心してないか？　〝慢心してはダメ〟とか言いながら」

「……そこが赤城さんのいいところよ」

「え？　いいのか？」

「はい」

加賀は即答《そくとう》で断言だった。

私情を挟《はさ》むような性格ではないから、本当に長所なのだろう。俺も早く艦娘たちのことを把握しなくては。

加賀が、いつものクールな表情のまま言う。

「……あのユルさが、赤城さんの魅力《みりょく》だわ」

「ダメだろう、ユルくちゃ⁉」

加賀も人の子か。いや、艦娘だけど……赤城についての判断だけは、いまいち信用できなかった。

通信機のモニターのなかで、赤城が声を張る。

「第一次攻撃隊、発艦《はっかん》してください！」

洋上に立ち、弓弦《ゆみづる》を引く。

放った。

飛んでいった矢が燐光《りんこう》を放ち、プロペラ機に姿を変える。

何度見ても不思議な現象だった。

赤城の号令により、他《ほか》の艦娘たちも、次々と九七式艦攻を空へと放つ。

「あっ……!?」

小さな悲鳴のような声をあげたのは祥鳳だった。

放った矢の一本が、失速して高さを失う。プロペラ機に変化したときには、もう海面に落ちてしまいそうだった。

俺はモニターの前で拳《こぶし》を握《にぎ》る。

——落ちるな！

祈《いの》る。それしか、できることはなかった。

腹に魚雷《ぎょらい》を抱《かか》えた九七式艦攻が、グンッと空を向く。迫《せま》る波をかすめ、他の機を追いかけるようにして天高く昇《のぼ》っていく。どうやら墜落《ついらく》を免《まぬか》れた。

祥鳳が安堵《あんど》の吐息《といき》をつく。

「ほっ……」

モニターで艦攻の無事を確認《かくにん》し――固唾《かたず》を呑《の》んで見守っていた俺も、大きく息を吐《は》いた。

「ふう～……」

「……ひとつひとつのことに気を張っていては、持ちませんよ？」

隣《となり》に立つ加賀が、突《つ》き放すように言った。

相変わらずクールな意見だ。

しかし、九七式艦攻が海へと落ちそうになったとき、彼女が身を乗り出して真剣《しんけん》な顔をしていたのを俺は知っている。冷たいようで、けっこう優《やさ》しい子なのだ。

「……提督……私の顔に、なにか？」

「あ、いや」

俺はモニターへと視線を戻《もど》した。

空母組のなかで、龍驤だけは弓を射るのではなく、ちょっと変わった方法で艦載機を飛ばしている。

巻物を風になびかせて広げ、そこに並ぶ航空機を模した紙に指先を置いた。

「艦載機のみんなぁー！　お仕事、お仕事ー!!」

指先に青白い炎《ほのお》が灯《とも》る。

そこに〝勅令《ちよくれい》〟の文字が浮かんだ。

魂《たましい》を吹《ふ》きこまれたかのように、ただの白い紙だったものが、九七式艦攻へと姿を変えて、エンジンが唸《うな》りをあげる。

巻物の滑走路《かつそうろ》から飛びたっていった。

目にするのは初めてだが、いわゆる式神《しきがみ》というやつか。空想によるものとばかり思っていた。

――いや、そもそも、矢が艦載機に変わるのも、常識外だな。

彼女たちは、それぞれ自分なりのやり方を持っているようだった。

空母組が先制攻撃をかけようと、攻撃機を飛ばす。


一方の戦艦《せんかん》組は――

実は、すでに赤城たちを発見していた。

彩雲に比べると、だいぶ時間はかかったが……

大将

長門の搭載《とうさい》した33号対水上電探は、この鎮守府《ちんじゆふ》に一つしかない高性能なものだ。遠くの敵を探知することができる。

電波を邪魔《じやま》する島が少ない海域なので、その性能は大いに発揮された。

「よし！　敵艦を発見したぞ！　艦隊、この長門に続け！」

「私の出番ね。いいわ、やってあげる！　……ん？　第三砲塔《ほうとう》、何してるの？」

陸奥がお尻《しり》のあたりを気にした。どうやら第三砲塔というのは、そこにあるらしい。

長門が眉《まゆ》をひそめる。

「……大丈夫《だいじようぶ》なのか、陸奥？」

「あら、あらあら、心配してくれてるのかしら？」

陸奥が大人の色香《いろか》を漂《ただよ》わせる視線を向けた。モニターごしにも妖艶《ようえん》な雰囲気《ふんいき》が伝わってくる。

同性でも照れてしまうほどらしく、長門が頬《ほお》を染めた。コホン、と咳払《せきばら》いする。

「りょ、僚艦《りようかん》の好不調を気にするのは、旗艦《きかん》として当然だろう？」

「ふふ……あ・り・が・と・う。なんでもないわ、大丈夫よ」

「ならば、いいのだがな」

長門が改めて全速前進の号令をかけた。

蹴立《けた》てる波がひときわ大きくなる。彼女は巨大《きょだい》な砲塔を四つも背負っているため、かなりの重量があるようだ。くるぶしまで沈《しず》んだ足で、海水を後ろへと押しやる。

派手な水しぶきがあがった。

そこに、陸奥、愛宕、足柄が続く。

長門が針路を微修正《びしゅうせい》した。駆け引き抜《ぬ》きで、空母組へと一直線。思い切りがいい。

モニターを切り替《か》えると海図が表示された。

艦隊を示すマーカーが、じりじりと近付いていく。

そして、赤城たちから飛びたった艦攻《かんこう》が、長門たちへと迫っていった。

俺は加賀に尋《たず》ねる。

「ここが勝負所だよな？」

「はい……空母にとって先制攻撃《こうげき》は、かなり重要ですから」

艦砲《かんぽう》が届く距離に近付かれてしまうと、回避《かいひ》運動のせいで艦載機《かんさいき》を飛ばせなくなってしまう。そうなったら、反撃《はんげき》する主砲のない空母たちに勝ち目はなかった。

通信機から、長門の声が流れてくる。

「飛行機だ！」

雲間から、無数の黒い点が現れた。

みるみる近付いてくる。

長門が片手を挙げた。

「全艦《ぜんかん》、回避運動を取れ！」

四人の艦娘《かんむす》たちは、水面を蹴りつけ、曲線を描《えが》きながら疾駆《しっく》する。

針路を予測させないことで、敵機が攻撃する的を絞《しぼ》りにくくするのが目的だった。

それぞれが、ばらばらに動いているように見えて、ちゃんと衝突《しょうとつ》しないようにしている。

なかなかの練度だった。

艦娘だろうと、普通《ふつう》の艦船《かんせん》だろうと、回避運動に必要な要素は同じだ。

予測させないこと。

味方とぶつからないこと。

艦隊からはぐれないこと。

上空から見ると、彼女たちの描く航跡《こうせき》は、とても美しいものだった。ゆらゆらと揺《ゆ》れる曲線が、互《たが》いに重なりながらも、ひとつの方向へとまとまって動く。さながら繊細《せんさい》な織物のように。

ふと思う。

モニターのアングルは、かなりの高度からの空撮《くうさつ》だ。この位置には、まだ艦攻も来ていないはずだった。

「加賀さん、これは誰《だれ》が撮《と》ってるんだ？」

「……撮ってる者を見たことはありません」

「君たちにも見えないのか？」

「この通信機を造ったのは人間ではありませんから、映像の撮影《さつえい》にも、なにかしら未知の技術を使っているのでしょう。気になりますか？」

「そりゃな……だが、研究は技術者に任せるとしよう。俺は使い方を覚えて、敵に勝つ作戦を立てるのが仕事だ」

「はい」


九七式艦攻は雲間から降下する。

これは雷撃《らいげき》を行う攻撃機で、機体の胴体《どうたい》底面に魚雷を積んでいた。

以前、瑞鳳が戦艦ル級に対して使ったのは九九式艦爆《きゅうきゅうしきかんばく》だ。艦爆は敵艦の頭上から爆弾《ばくだん》を落とす。

魚雷を持っているのが、艦攻。

爆弾を持っているのが、艦爆だ。

どちらも対艦攻撃機《たいかんこうげきき》には違《ちが》いないが、便宜《べんぎ》的に呼び分けていた。

真上から急降下しての爆撃《ばくげき》は、敵艦に対応される時間が短いために、攻撃機の被害《ひがい》を少なめに抑《おさ》えられる。

しかも、爆弾は（魚雷に比べると）構造がシンプルなので、軽量に造れた。

軽いということは、それだけ運動性能に優《すぐ》れているということだ。艦爆は艦攻より回避力が高かった。

しかし、今回は、九七式艦攻を使っている。

なぜ、敵艦に対応される時間が長く、回避力に劣《おと》る艦攻を使うのか？

船は喫水《きっすい》線より下――水に浸《つ》かっている部分への攻撃に弱いからだ。

攻撃されることを前提に設計された軍艦《ぐんかん》は、甲板《かんぱん》上の被弾《ひだん》に強い。どれほど爆弾を落とそうと、そうそう沈没《ちんぼつ》しない。

しかし、喫水線より下に穴が空くと、その船は沈む。隔壁《かくへき》で浸水《しんすい》を防いだとしても艦足《ふなあし》が遅《おそ》くなる。そうなれば、もう単なる標的だ。次の攻撃が当たりやすくなる。

通常の軍艦と形状は異なるが、深海棲艦《しんかいせいかん》にも同じことが言えた。戦闘《せんとう》記録からは、そのように読み取れる。

そして、艦娘も同じ。

水面を滑《すべ》るように疾駆する艦娘たちに、水中を走る魚雷《ぎょらい》が有効なのか？　いささか不思議ではあったが。

九七式艦攻が降下して、海面すれすれを飛ぶ。

これも軍艦での話だが——対空砲は頭上を攻撃するように設計されている。

深海棲艦の砲も、同じような造りだ。

そのため、相手の砲の位置より低いところは攻撃されにくく、水面すれすれを飛ぶ航空機は撃墜《げきつい》されにくい。

だから、水面に接触《せつしょく》してしまう危険を冒《おか》してでも、あえて超《ちょう》低空を飛行するのだった。

実戦ならば、無数の弾丸《だんがん》が放たれる。

これは演習だから、模擬弾《もぎだん》が使われた。

当たった機体には色がついて、戦線を離脱《りだつ》するルールだ。

『コレヨリ、敵艦ニ、突入《とつにゅう》ス　ワレニ、続ケ』

無線機から流れてきたのは、九七式艦攻からの報告だったのか。解像度の粗《あら》いモニターの端《はし》に、ちらりと何かが映ったが——気にしないでおこう。

先頭の九七式艦攻が、さらに低く海面をかすめるように飛び、戦艦組の艦娘たちに接近していく。

他《ほか》の機体も、それに倣《なら》った。

長門たちが対空砲を撃《う》ちまくる。晴れていた空が、まるで雨が降っているかのように曇《くも》った。

模擬弾とはいえ、その迫力《はくりょく》は実弾《じつだん》と変わらない。

無数の弾幕《だんまく》のなかに飛びこんでいく様子は、見ているだけで身震《みぶる》いするほどだった。

何機もの艦攻が、魚雷を落とす前に撃墜判定されて引き返す。

しかし、対空砲火《ほうか》をくぐり抜けた艦攻もあった。

一瞬《いっしゅん》、浮《う》かび上がって、魚雷を投下。

魚雷は頭側から落ちていき、ちょうど飛びこみをする人のような姿勢で、水中に潜《もぐ》った。

別の艦攻が、また魚雷を放つ。

しかし、こちらは浮かび上がる高さが足りなかった。

魚雷に角度がつく前に水面に着いてしまい、腹打ちする。水切り石のように、魚雷が跳《は》ねてしまった。

この現象を利用した兵器もあるが、残念ながら九七式艦攻の持っていた魚雷では強度が足りない。

スクリューが砕《くだ》け、胴体がひしゃげる。水面で三回ほどバウンドしたところで、腹の鉄板がめくれてしまった。水が入って、ようやく水中へ。

しかし、破損したものが本来の機能を発揮することはなかった。

うまく投下できた魚雷だけが、艦船より遥《はる》かに高い速度で直進する。

海面を駆《か》ける艦娘たちは、かなりの速さだったが、その数倍の速さで水中を魚雷が迫《せま》っていった。


「きゃああああああ!?」

陸奥がぎりぎりで魚雷を回避して——悲鳴をあげたのは、その向こうにいた足柄だった。

なんとか三発を避《よ》けるが、足下《あしもと》に一発が迫る。

爪先《つまさき》に魚雷が当たり、爆発《ばくはつ》。

本来なら、大きな水柱があがるところだったが……これは演習なので、音だけだった。

しかし、高速で駆けているときに、爪先へ魚雷を受けたものだから、足柄はバランスを崩《くず》してしまう。

「ふぎゃあ⁉」

転倒《てんとう》して、ばっちゃーん、と水面に顔を打ちつけた。

痛そう……

魚雷を避けた陸奥が、苦笑《くしょう》する。

「あら、あらあら」

「くっ……あらあらじゃないわよ！」

鼻を押さえつつ、足柄が起き上がった。とくにケガはしていないようだ。

とにかく、魚雷は命中だった。

重巡洋艦《じゅうじゅんようかん》ともなると、魚雷一発で沈むことは珍《めずら》しい。

演習ではサイコロを振《ふ》って、ダメージを受けたものとして制限を受けつつ、戦闘を続行するのだが……

どうやらサイコロは、どこかで振られているらしい。


『足柄、機関部ニ浸水』


そんな判定がアナウンスされた。

機関部が浸水した場合は、修理して排水《はいすい》しなければ、行《ゆ》くも戻《もど》るもできないわけで――

つまり、艦隊から脱落《だつらく》である。

足柄は普段《ふだん》は笑《え》みを浮かべて優雅《ゆうが》で上品な雰囲気《ふんいき》の女性なのだが、キイッと怒《おこ》ると目が恐《こわ》かった。

「ええっ!? なんで、爪先に当たったのに機関に浸水なのよ!? 振り直しを要求するわ!」

しかし、抗議《こうぎ》は認められなかったようだ。

ルールはルールだから、彼女は足を止める。

「ねえ！　修理！　修理した！　だから、演習を！　演習を続けさせて！　まだ主砲《しゅほう》を！主砲を撃ってないの！　勝利が、戦闘が、戦いが私を呼んでるのよぉぉぉ!!」

ドォン！　と足柄が主砲を撃った。

ぶっ放してしまった。

もちろん、対戦相手など全く見えていない。

モニターを見ていた加賀が、ピクッと眉間《みけん》にシワを寄せた。

「……模擬弾とはいえ、無駄弾《むだだま》を」

苛立《いらだ》たしげなつぶやきだった。帰ってきたあとの足柄が、お小言をもらう姿が目に浮かぶ。

とにかく、足柄は大破（扱《あつか》い）戦線離脱。

それ以外には、陸奥に軽度の損傷があった他、愛宕が砲塔損傷で、やや火力に制限を受けた。もちろん判定だけで、実際にケガ人はいない。

長門は被弾しなかったようだ。さすがと言うべきか。

俺はモニターの前で腕組《うでぐ》みする。

「うーん」

「……なにか？」

「正規空母一と軽空母三が、ほぼ全力で艦攻《かんこう》を飛ばして、先制攻撃の戦果が重巡一隻《せき》というのは、ちょっと少ないんじゃないか？」

「そう？」

「艦娘《かんむす》同士の戦闘を見るのは初めてだが……やはり、艦載機の性能は重要だろう？」

「……機体の性能差は練度でカバーするものよ」

「根性論《こんじょう》じゃないか」

俺は帽子《ぼうし》を手でつかむと、そいつを握《にぎ》りしめた。

与えられたばかりの白い士官軍帽《ぐんぼう》が、形を歪《ゆが》める。叩《たた》いて整え、かぶり直した。

「艦攻による先制攻撃は、あまり有効ではないな……現状の装備では」

「……そうね」


戦艦《せんかん》組は艦攻による二次攻撃を受ける前に、空母組を射程に捉《とら》えた。

長門が叫《さけ》ぶ。

「全主砲、斉射《せいしゃ》！　てぇ――――ッ!!」

空を切る拳《こぶし》が、まるで数キロ先へと届くかのようだ。

彼女が背負っている砲塔《ほうとう》が轟音《ごうおん》を立てる。砲炎《ほうえん》が空気を焼き、海面が真っ赤に照り返す。黒煙《こくえん》が広がった。

41センチ連装砲から、強力な砲弾《ほうだん》が発射された。

特殊《とくしゅ》な素材を使った模擬弾とのことだが、それでも発砲《はっぽう》の炎《ほのお》や音は変わらない。

大気を切り裂《さ》く迫力は、まさに海戦の花形《はながた》に相応《ふさわ》しかった。


赤城たちは、艦載機の出撃《しゅつげき》準備に追われている。

戦艦組が近付いていることは気づいていたが、艦載機を飛ばす用意をしているときに、全速で移動するのは無理だった。効率的に整備しようと思ったら、あるていど艦《ふね》を安定させる必要がある。

それに、艦載機の発着艦時には風の向きも無視できない。

艦娘の空母に帰ってきた艦載機の着艦《ちゃっかん》は、すんなり手のなかで航空機から矢に変化しているように見えるのだが……

そう簡単なものではないらしい。

失敗すれば事故を起こしたり、ときには空母が損傷を受けたりすることもあるデリケートな作業とのことだった。

そこに、砲撃が飛んでくる。

水柱があがった。

大きく水面が揺《ゆ》れる。軽空母の艦娘たちが悲鳴をあげた。赤城だけは、落ちかけた矢を摑《つか》み、周りに声をかける。

「慌《あわ》てないで！　今は一機でも多くの艦載機を空に上げるの！」

「は、はい！」

瑞鳳がうなずいた。

そこに、さらに砲撃が来る。

爆発の代わりに、ベシャッと果物が潰《つぶ》れたような音がした。

「あぁぁッ!?」

祥鳳の上半身に着弾《ちゃくだん》し、塗料《とりょう》が飛び散る。

海水で簡単に落ちないようにするため、ドロッと粘性《ねんせい》のある塗料だった。色は黄色だ。

赤色を使っていないのは、喫水線《きっすい》の下側が赤い艦が多いためらしい。

——普通《ふつう》の軍艦《ぐんかん》の船底が赤いのは、防錆塗料《ぼうせいとりょう》が赤色だからなのだが、艦娘たちの艤装《ぎそう》の一部が赤いのも同じ理由だろうか？

靴《くつ》や腰回《こしまわ》りに赤色を使っている子が多かった。

祥鳳が、しゅん、と肩《かた》を落とす。

「うあ……被弾《ひだん》しちゃいました……」

『祥鳳、大破』

どうやら、41センチ連装砲《れんそうほう》の直撃《ちょくげき》を浴びてしまったらしい。一発大破となった。

彼女は矢を射るとき、服から左肩を出して、胸元《むなもと》はさらし一枚という勇ましい格好をしている。模擬弾《もぎだん》の当たったところが、虫刺《さ》されみたいに赤くなっていた。

豊かな胸元についた痕《あと》を見て、祥鳳が恥《は》ずかしそうに、それをつつく。

「はぁ……こんな早々に脱落なんて情けないです」

彼女の姿を目にして、瑞鳳と龍驤が顔を見合わせる。二人とも自分の胸元へと視線を落とした。

瑞鳳がつぶやく。

「同型艦のはず……なんだけどなぁ？」

「……なんでや？　この格差……おかしいやろ？　同じ軽空母とちゃうんか？」

ぽふぽふ、と龍驤が自分の胸元をたたいた。

けっこう余裕《よゆう》がある――わけもなく、次々と長門と陸奥の長距離《ちょうきょり》砲撃《ほうげき》が水柱を立てる。

空母組も艦載機を飛ばして応戦するが、その差は歴然だった。

熟練した射撃《しやげき》精度で、正確に砲弾を撃《う》ちこむ戦艦組。

それに対して、空母組は艦載機を飛ばして、その艦載機が対空砲火《ほうか》をかいくぐって相手に接近し、爆弾《ばくだん》や魚雷《ぎよらい》を落とす。

段取りが多いぶん、相手に対応される機会も多くなる。

空母側は逃《に》げて距離を取ることもできなかった。赤城たちよりも愛宕のほうが速いからだ。重量級の戦艦である長門や陸奥からは逃げられても、結局は重巡に追いつかれてしまうだろう。

八方塞《はっぽうふさ》がりだった。

さらに距離が詰《つ》まってきて、愛宕の主砲も射程に入る。

艦砲《かんぽう》が激しさを増した。

赤城が被弾し、『甲板大破《かんぱんたいは》』の判定を受けて戦力を喪失《そうしつ》する。

「大破ですか……くっ……みなさん、後はお願いします！」

「あっかーん！　やってもうたー!!」

龍驤も被弾。脱落した。

もちろん判定によるもので、せいぜい模擬弾の塗料をかぶった程度の損害《そんがい》だが、もう戦《せん》闘《とう》には参加できない。

そして、残り一隻となった空母組が制圧されるのは早かった。

ついに長門たちが瑞鳳たちを取り囲む。

こうなってしまえば、艦載機を放つ余裕もない。

長門が自信満々の笑みを浮《う》かべて告げる。

「ビッグ7の力、侮《あなど》るなよ！」

降伏勧告《こうふくかんこく》だ。

しかし、瑞鳳はあきらめなかった。

手にした弓を引き絞《しぼ》る。

長門が睨《にら》みつけた。

「いいのか？　この距離で艦載機を放てば、それは〝体当たり〟だ。飛行機が無事では済まないぞ？　もちろん、私に多少の手傷を負わせることはできるだろうがな」

仲間と艦載機に本物の被害を出してしまっては、もう演習ではない。

瑞鳳は矢を放つことができなかった。

かといって、降参もできない。どうにか打開できないか、必死に考える。

悠然《ゆうぜん》と長門が近付いてきた。

「降伏《こうふく》しない、か……模擬弾でも、当たれば痛いぞ？」

拳を振《ふ》りかぶった。

瑞鳳は弓矢を構えたまま、動くことができない。

「もう充分《じゅうぶん》だろう」


俺は通信機を通して、演習の終了《しゅうりょう》を告げた。

モニターの向こうで長門が拳を収める。

瑞鳳が肩を落とした。

陸奥と愛宕が、控《ひか》えめにタッチして勝利を祝う。

空母組は落ちこんだ表情をしていた。とくに、瑞鳳は目元を赤くしている。

——悪い内容ではなかったけどな。そうはいっても、負けたら悔《くや》しいのは当然か。

長門が腰《こし》に手を当てて胸を張った。

モニターが的確に、彼女の表情を捉える。

「ふむん！　どうだ!?　戦いは火力だ！　装甲《そうこう》だ！　考え直す気になっただろう？」

いろいろと思うところはあったが、なんせ通信機の制限が厳しい。基本的には、進軍《しんぐん》か撤退《てったい》かしか伝えられないのだ。

加賀が声をかける。

「……帰投して」

「了解《りょうかい》だ！」

そっけない命令だったが、あちらも通信機の仕様は心得ている。うなずいて、敬礼した。

長門が堂々凱旋《がいせん》する。同じく戦列に立った陸奥や愛宕も、どことなく誇《ほこ》らしげな顔だ。

足柄だけは不満そうだったが……

空母組のほうは、みんな暗い表情をしていた。

瑞鳳が涙声《なみだごえ》でつぶやく。

「……提督《ていとく》が……せっかく空母も重要って言ってくれたのに……ううぅ」

その肩に、龍驤が慰《なぐさ》めるように手を置いた。

「せやな……でも、泣いたらあかん。泣いたら負けや。悔しかったらいっぱい訓練するしかないねん」

赤城が軽空母たちを見て優《やさ》しく微笑《ほほえ》む。

「は～、いっぱい動いて、お腹《なか》が減りましたね。いくらでも食べられそうです」

脱力《だつりょく》したようなセリフだ。

長門が赤城を指さす。

「ほほう？　ならば次は大食い勝負といくか！」

「ふっ……負けません。一航戦の誇りにかけて！」

赤城が自信ありげな笑《え》みを浮かべた。


モニターを見ていた俺は感心する。

「長門と赤城は流石《さすが》だな」

隣《となり》で加賀が首をかしげた。

「なにがかしら？」

「演習を終えて戦艦と空母の間に微妙《びみょう》な空気があったろ。その辺を解消するために、ああして気を遣《つか》っているのだろうな。トップが一緒《いっしょ》に飯を食っていたら、下の者が対立することはない」

加賀が目をすがめた。それから、モニターに映る赤城を見てうなずく。

「……なるほど、そういう見方もありますね」

モニターが切り替《か》わって、演習の記録が表示された。

艦娘《かんむす》たちの戦果報告だ。

映し出された各種の情報を、過去の戦闘記録と照らし合わせていく。

加賀が表示された情報を記録した。

「……提督は空母を使ってくださると言ってましたけど……戦艦や重巡を中心とした艦隊《かんたい》編成になさいますか？」

勝敗だけを見れば、そういう意見になるのは理解できる。火力と装甲が勝負を分けるのは間違《まちが》いなかった。

しかし、俺は首を横に振る。

「艦娘の戦いは初めて見たが……戦艦や重巡の練度は充分に高いように思えた。やはり、この艦隊に足りないのは、航空戦力だ。苦戦しているとすれば、艦載機《かんさいき》の問題だよ」

「……敵が強いだけかもしれないけれど」

加賀がそれとわからないほどわずかに沈《しず》んだ表情をした。

敵が強すぎる可能性はある。

そもそも、俺たちの〝敵〟――深海棲艦《しんかいせいかん》には世界中のどんな軍隊も歯が立たない。せいぜい、相手の火砲《かほう》を使わせて、弾切《たまぎ》れによる撤退を待つぐらいが関の山だ。

「しかし、その可能性は考えなくていい」

「なぜかしら？」

「俺たちの仕事は、死力を尽《つ》くして戦うことだ。全力で勝利をもぎ取ることだ。しかし、やれるだけのことをして、それでも勝てない相手だったなら……その敗戦を受け止め、分《ぶん》析《せき》し、次の作戦に活《い》かすのは司令本部の仕事だ」

残念ながら、敗戦の教訓を活かすことは、その場にいなかった者にしかできない。

戦争はスポーツではない。敗北は終わりを意味する。

俺たちはどれほど敵が強大であろうと、勝利を目指すのが役割だった。

加賀がつぶやく。

「……その結果、艦娘が沈むことになったとしても？」

「それは……」

俺は死ぬ覚悟《かくご》がある。

軍人だから。

しかし、彼女たちは、どうなんだろう？

「加賀さんは、どう思ってる？」

「……私たちは戦うために生まれてきたと思っています。深海棲艦を倒《たお》すためならば、命を投じることに躊躇《ためら》いはありません……でも、けれども……無意味に沈むのは、嫌《いや》なものですね。誰《だれ》も、死にたいわけではないもの」

それは当然だ。

彼女たちは、やはり物言わぬ軍艦《ぐんかん》などではない。

戦場での死を誉《ほま》れとするような陶酔《とうすい》した軍人とも違《ちが》う。

死にたくない——それは当然のようで、なかなか口にできない言葉だった。

軍艦が言葉を話せたなら、あるいは、加賀のように言ったのかもしれないが……

彼女は空気を変えるように、視線を外へと投げた。

「……もうしばらくすれば、演習に出た子たちが帰ってくるとは思いますが……夕飯前に工廠《こうしょう》を見ておきましょうか」

少し悩《なや》む。演習に出ていた子たちを迎《むか》えるべきではないのか？

しかし、俺が出迎えた場合——おそらく、勝者である長門たちを、敗者である瑞鳳たちの前で褒《ほ》めることになるだろう。

わざわざ心理的な追い打ちをかける必要はない。

長門とも瑞鳳とも、あとで個別に話したほうが円満に事が運びそうだった。

そこまで、加賀は計算しているのだろうか。

――俺は使われる側ばかりだったから、人を使う立場の経験が足りない。こうした気遣《きづか》いも学ばなければ。

加賀が黙《だま》って待っている。

俺は帽子《ぼうし》をかぶり直してから、革《かわ》の椅子《いす》から立ち上がった。

「わかった。案内を頼《たの》む」

司令室を出る。

扉《とびら》に『工廠』と書いたメモを貼《は》っておいた。

長門や瑞鳳が報告をしに訪ねてくるかもしれない。

他《ほか》にも急ぎの用事がある子がいるかも。そういう場合に備えてのことだった。

司令室のある棟《とう》を港側へ出る。

海が広がっていた。

第3章　任務を遂行中

司令室の外——

まず目に飛び込んできたのは海だった。

深呼吸すれば、胸いっぱいに潮の香《かお》りが広がってくる。耳をなでる波の音が心地《ここち》好《よ》い。

「ふぅ……やっぱり、海はいいな……」

「ずっと陸《おか》にいたの？」

半歩後ろを歩く加賀が、控えめにつぶやいた。

潮風になびく髪《かみ》をおさえる。

つい見惚《みと》れてしまうほどに美しい。

しかし、あまり見つめていると、また怒《おこ》られてしまいそうだ。俺は海へと視線を戻《もど》した。

「陸は長かったよ。ずっと入院してたからな」

「……ひとつ間違《まちが》えば、病院に逆戻りだったわね」

「は、はは……」

罰走《ばっそう》でのことを言われているのだろう。あれは、自分でも無茶《むちゃ》をしたと思う。

俺は話題を変えることにした。

「あれが工廠だよな？」

巨大《きょだい》なガントリークレーンを指さす。そこに煉瓦《れんが》でできた四角い建物があった。

「ええ……それでは案内します」

案内と言いつつ、彼女は行き先を言うだけで、常に半歩後ろを歩く。

俺は彼女を連れて工廠へ向かった。

目の前にすると、本当に大きな建物だ。

普通《ふつう》、工廠というのは、巨大な船を建造する場所なので、大きくて当たり前だが……

俺は加賀を見る。

——この艦娘の艤装《ぎそう》を造るのに、大きな場所が必要かな？

「なにか？」

「あ、いや、ここでいいんだよな？」

俺は工廠の重い扉を押し開け、中へ入った。

工廠――

薄暗《うすぐら》い建物だった。

窓から明かりが差しこんでくる。

隅《すみ》に置いてある箱の陰《かげ》から、ちら、ちら、とこちらを見つめる小さな瞳《ひとみ》が無数にあった。

俺は息を呑《の》む。

「な、なんかいる⁉　なんかいるぞ⁉」

「……工廠からいなくなったら一大事です」

そういえば、艦娘たちの艤装は人間が造っているわけではないのだったな。

資源を収めた木箱やドラム缶《かん》が、いくつも積んであって、その間に道がある。まるで迷《めい》路《ろ》のようになっていた。

加賀にうながされ、積まれた資源を避けて歩き、『開発』と書かれた垂れ幕のある場所へ向かう。

奥まで行くと――

絵の描《か》かれた看板が立っていた。

ハンマーを持ち、黄色いヘルメットをかぶっている。スカートを穿《は》いているから、おそらく女性なのだろう。

そういう絵の描《えが》かれた看板だった。

加賀が説明してくれる。

「提督《ていとく》、ここで装備を開発します」

「装備ってのは、艦娘《かんむす》たちが使う武器ってことだよな？」

「はい」

木箱やドラム缶《かん》の陰《かげ》から、こちらを見ている視線を感じる。

俺は帽子《ぼうし》をかぶり直し、周りを観察した。

「技師はいないようだが……？」

それに、道具も見当たらない。

艦娘たちが使っている武器は大きなものではないが、それにしたって製造には相応の道具が必要だと思うのだが。

加賀も周囲に視線を巡《めぐ》らせた。

「そういうものは、見たことがありません」

「誰《だれ》が、どうやって造ってるんだ？」

周りからの視線が増えた。

加賀が首をかしげる。

「……それは、どうしても知らないといけないことかしら？」

俺は足下《あしもと》に視線を落とす。

興味はあるが、説明されないということは、知るべきではないことなのかもしれない。

ため息をついた。

ぽつり、と俺は言葉をこぼす。

「昔話、あるよな……」

「え？」

「罠《わな》から助けてくれた恩人のために、鶴《つる》が女性の姿に化《ば》けて現れ、綺麗《きれい》な織物《おりもの》を織ってくれるんだ。ただし、織ってる姿は見てはいけませんよ、と言って」

「……ふぅん？」

「結局、その恩人は好奇心《こうきしん》に負けて織ってる姿を覗《のぞ》いてしまい、正体を知られた鶴はいなくなってしまう」

「民話伝承の類《たぐい》かしら？」

加賀は意外と、こういうことには疎《うと》いようだった。

彼女たちは艦娘だ。昔話なんかを聞かせる者もいないか。

どうして急にこんな話をしたのか、俺は我が事ながら、うまく説明できなかった。

「まぁ、とにかく、詮索《せんさく》すべきではないこともあるということだな」

加賀がうなずいた。

説明を続ける。

「……この場所に、資源と開発資材を置いておくと装備を造ってもらえます」

「開発資材？」

「こういうものです」

加賀が懐《ふところ》から歯車を取り出して、俺に渡《わた》してきた。

普通《ふつう》の歯車のように見える。

しかし、よく観察すると金属ではなく、小麦粉を焼いたビスケットの質感に似ていた。

「もしかして、ビスケットか？」

「司令本部で製造しているらしく、詳細《しようさい》は不明です」

わざわざ、司令本部から送ってくるということは、この鎮守府《ちんじゆふ》では製造できないものなのだろう。

「……司令本部からの任務を達成すると、成果に応じて補給されます」

「貴重な物みたいだな」

実績を挙げた部隊に優先的に補給が行われるのは、当然のことだ。それだけ期待が大きいということだろう。

俺の手にしている歯車を、加賀が指さす。

「希《まれ》に、遠征《えんせい》に出た子たちが見つけてくることもありますが……とにかく、開発や建造を行うときには、それを必要とします」

「建造ってのは？」

「簡単に言えば、艦娘を増やすことです。詳《くわ》しくは、あとで」

おそらく、艦娘たちの艤装《ぎそう》を建造するのだろう――と俺は解釈《かいしゃく》した。

ふと気になって、俺は加賀に尋《たず》ねる。

「ちょっと相談があるのだがな……俺用の艤装なんて造れないか？」

「提督は艦娘なの？」

「……まぁ、無理だよな」

予想はしていたけれど、落ちこんだ。

とにかく、装備の新造には、この開発資材――歯車のようなもの、と資源が必要なことを理解できた。

「工廠《こうしょう》の休日は決まってるのか？」

「……どうかしら？　いつでも必要なものを置いておけば、開発してくれるみたいだけれど」

「すごいな！　技師の鑑《かがみ》だな！」

「ただし、気分の乗った物しか造りません。どれほど資源と時間をかけようと、期待した物を造ってくれるとは限らないようです」

なんだそれは⁉　技師じゃなくて、芸術家か⁉

「た、頼《たの》みこんでも？」

「……試《ため》すのは自由ですが」

当然、前任者も試行錯誤《しこうさくご》したに違《ちが》いない。それでも、そのとき気が向いたものしか造ってくれなかったのだろう。

「それじゃあ、高性能な艦攻《かんこう》を造ってほしいと頼んでも？」

「そこまで細かい注文は難しいかしら。ボーキサイトを多めに置いておけば、航空機は造ってくれました」

大雑把《おおざつぱ》すぎる。

こいつは、やっかいだ。

装備の増強について、まるで計算が立たない。

しかし、この工廠でしか艦娘の装備を造れないというのであれば、運を天に任せて頼むしかなかった。

「わかった。じゃあ、さっそくお願いしよう」

俺は加賀に歯車の形をしたビスケットみたいな開発資材を渡す。

「……期待した物が造られるとは限らないけれど、いいのかしら？」

「ああ、かまわない」

加賀が木箱の蓋《ふた》を開けて、尋ねてくる。

「資源は？」

俺は司令室から持ってきていた資料を見た。

我が鎮守府に備蓄《びちく》されているボーキサイトは、そう多くない。

しかし、３００くらいまでは出せそうだ。

前任者の記録を見ると、大砲《たいほう》ばかり造っていたため、航空機の試行回数は、参考にできるほど多くなかった。自分で試していくしかないか。

過去の記録をもとに、加賀に使用する資源の量を告げる。

「まずは、燃料３０・弾丸《だんがん》３０・鉄３０・ボーキサイト１００で、どうだろうか？」

「はい」

加賀が資源を取り出して、看板の前に積み上げた。

離《はな》れると、上から『開発』と書かれた垂れ幕が下りてきた。劇場の緞帳《どんちょう》のように視界を遮《さえぎ》られる。

向こう側から、音が聞こえてきた。

ぱりぱり、ぽりぽり、と——まるで、ビスケットを食べる音。

「本当にビスケットだったのか!?」

「……どうかしら？」

そういえば、西洋の民話では、ビスケットをお供《そな》えするのがお約束か？

垂れ幕の向こう側が騒《さわ》がしくなる。

カンカンと鉄を叩《たた》く音に、ゴボゴボと液体の流れる音に、ゴウゴウと燃える音。

——なにが起きてるんだ？

俺は垂れ幕の向こう側を覗いてみたい衝動《しょうどう》に駆《か》られる。

しかし、耐《た》えなくてはならない。

世の中には、知らないほうがいいこともある。俺の目的は装備であり、優秀《ゆうしゅう》な艦攻であり、深海棲艦《しんかいせいかん》に勝つための力だった。

するする、と垂れ幕が上がる。

置かれていたのは——九九式艦爆《きゅうきゅうしきかんばく》だった。

「おおっ、すごいな！　本当に造られた！」

まるで魔法《まほう》みたいだ。

しかし、できれば、もうすこし性能のいい航空機が欲しかった。

もう一度、試してみることにする。

今度は、３０・６０・３０・１００で——九七式艦攻《きゅうななしきかんこう》ができあがってきた。

製造過程は、まったく意味不明。しかし、完成品を見てみると、航空機には鉄をあまり使っていないようだった。

考えてみれば、機体の大半はボーキサイトで造るのだから当然か。

ボーキサイトというのは、アルミニウムの原料である。鉄よりも軽量な金属だ。

鉄が使われるのは、エンジンや銃砲《じゅうほう》など、極《きわ》めて高い強度が必要な場所だけだった。

航空機にも燃料は必要なはず。製造中に炎《ほのお》も使っている様子だった。これは減らさないほうがよさそうだ。

経験と予測を元に、また資源の量を加賀に伝える。

「次は、３０・６０・１０・１１０でやってみてくれ」

「……わかりました……でも、ほどほどにしておくことね」

「あ、ああ」

加賀が再び木箱やドラム缶《かん》から資源を並べる。

また垂れ幕が下りてきた。

そして、できあがってきたのは――俺が資料でしか見たことのない航空機だった。

「も、もしかして……彗星《すいせい》じゃないか⁉」

うちの鎮守府に一つしかない爆撃機《ばくげきき》だった。

俺が喜んでいると、加賀が不思議そうな顔をする。

「……艦攻が欲しかったんじゃないのかしら？」

「まぁ、そりゃそうだけど、強い艦載機《かんさいき》はいくらあってもいいじゃないか」

「そうね」

「加賀さんのおかげだ。ありがとう！」

彼女がどこか誇《ほこ》らしげな表情を浮《う》かべた。

「……これは提督《ていとく》の力よ。前任者は装備の開発には資源を回さなかったわ。艦娘《かんむす》たちの補給と修理に追われていたから」

「あ、そうか。補給と修理にも、資源は使うんだな」

「なかなか任務も達成できなかったから、開発資材も不足していましたし……」

そういえば、三個も消費してしまったが、貴重な物らしい。

彗星が入手できたのはよかったが、計画性がなかったか？　いや……少ない試行回数で
高性能な機体を得られたのは、運が良かったと考えるべきだろう。

加賀の表情も心なしか満足げだった。


工廠《こうしょう》の扉《とびら》が開かれる。

「提督、こちらですか⁉」

甲高《かんだか》い声が響《ひび》いた。

息を切らせて瑞鳳が入ってくる。

「おう！」

手を挙げると、俺たちのところまで彼女は駆《か》けてきた。

「す、すみません！　遅《おそ》くなりました！」

「やあ、来てくれたか」

「メモに書いてあったので」

「うん」

彼女たちとは個別に会いたいと思っていた。さすがは瑞鳳だ。俺の考えていることをよく汲《く》み取ってくれる。

彼女が怯《おび》えた表情で言う。

「あ、あの、それで……私は、どんな罰《ばつ》を？」

「なに？」

「演習で負けた責任を取らせるために出頭させたのでは……？」

「ちがうよ!?」

いまいち俺の考えは伝わりきっていないようだった。

瑞鳳が、しゅんと肩《かた》を落とす。

「提督……あの……演習で負けちゃって……せっかく空母に期待してくれたのに……がっかりしましたよね？」

「いいや？」

「え？　でも……」

「もともと、空母だけの艦隊《かんたい》では勝てないだろうと、予想がついてたからな」

「そんな⁉　て、提督は私たちのことを信じてなかったんですか⁉」

瑞鳳が目を見開く。

ショックを受けた様子だった。

言い方が悪かったか。

「すまん、そういう意味じゃなくて……艦隊ってのは、違うんだ。戦艦《せんかん》や空母だけで編成するもんじゃない。お互《たが》いの協力が必要なんだよ」

「……でも……強い艦《ふね》があるなら、それだけを集めたほうが強いんじゃないんですか？」

「最強の艦娘が集まれば、最強の艦隊か？」

普通《ふつう》はそう考えるものなのか。

しかし、その程度の思考で止まっていたら、俺がここにいる意味がなかった。

艦娘は戦いにおいては強くても、艦隊運用の専門家ではないのだな。だからこそ、提督が必要なのだろう。

「約束するよ。君たちを活躍《かつやく》させてみせる。それは、この艦隊に必要なことだからな」

「は、はい……」

しかし、瑞鳳の表情は晴れないままだった。

言葉だけでは、なかなか信用してもらえないか。仕方ないところだ。いずれは戦果で示せる機会もあると思うが。

この重苦しい空気を、なんとかしたかった。

瑞鳳に暗い顔をしていてほしくない――と俺は感じている。

なにか特別な感情が？

いや、まさか……部下に前向きであってほしいと願うのは、上官として当然だ。

俺は別の話題を探した。

「ああ、そういや、瑞鳳は運がいいらしいな？」

「え？　そうなのかな？」

瑞鳳が目を丸くした。加賀から聞いた話だったが、本人は無自覚だったか。

「今、艦載機の開発をしてるんだが、瑞鳳からも頼《たの》んでみてくれないか？」

「えっ⁉　私が⁉　秘書艦の役目なんじゃ……⁉」

「あ……マズイのかな？　そういうのはダメかい、加賀さん？」

艦娘なら誰でも頼めるのかを確かめていなかったのは、迂闊《うかつ》だった。部下の気持ちを上向かせようなんて、慣れないことをするものだから……

加賀は無表情だった。

硬《かた》い声で言う。

「……秘書艦を交代しろ、という意味なの？」

「いやいや、そうじゃなくて！　今だけ、瑞鳳から頼んでもらうって話だよ⁉　秘書艦を交代しなきゃいけないなら、無理にとは言わない」

瑞鳳はいい子だが、秘書艦を交代させる理由はない。それくらいはわかっていた。

加賀が考えこむように沈黙《ちんもく》してから、うなずく。

「……そう……試《ため》してみるくらい、いいんじゃないかしら」

「よ、よし、加賀さんの許可が出たぞ。じゃあ、やってみてくれ」

「わかりました！」

瑞鳳が緊張《きんちょう》しつつも嬉《うれ》しそうに瞳《ひとみ》を輝《かがや》かせた。

「えへへ……実は、前からやってみたかったのよねえ」

とりあえず、機嫌《きげん》を直してくれたようだ。それだけでも充分といえる。

俺は瑞鳳に資源の数量を告げて、資源を看板の前に運んでもらった。

固唾《かたず》を呑《の》んで開発が終わるのを待つ。

艦載機が完成した。

またも見たことのない機体だ！

思わず叫《さけ》んでしまう。

「天山《てんざん》だ！」

それは、九七式艦攻《きゅうななしきかんこう》よりも性能のいい艦攻だった。俺が必要だと言っていたものだ。

瑞鳳も目を丸くする。

「わわっ⁉　い、いいかもね⁉」

「〝かも〟じゃないぞ。すごくいいじゃないか、瑞鳳！　でかした！」

「えへへ……やった。お役に立てて嬉しいな」

感動した様子が、とても初々《ういうい》しかった。

加賀が、ため息をつく。

「幸運艦って、これだから……まぁ、高性能な艦載機が増えたのは、いいことだけれど」

天山を一発で引き当てたことに対して、呆《あき》れている様子だった。

俺はうなずく。

「ああ、そのとおりだな。いいことだ」

瑞鳳は興奮気味だ。

「私、天山って初めて見るのよねえ。あ、これ、どうしましょう？　装備格納庫にしまっておきますか？　赤城さんに渡《わた》すとか？」

「……そうだな……せっかくだから、瑞鳳が持ってるといい」

「ええっ!?　本当ですか!?　あ、今は預けとくって意味ですか!?」

「いいや、うまく使ってくれ。赤城のぶんも、すぐに造るさ。これからも協力を頼むよ」

「は、はい！　私でお役に立てるのでしたら！」

瑞鳳が満面の笑みを浮かべた。


次に、加賀から《建造》の説明を受けることになった。

もうすぐ夕飯なので、手短に——

要するに、資源と開発資材を投じることで、艦娘を増やせるらしい。

投じる資源が多いほど、より強い艦娘が造られる可能性が高まる。ただし、どんな艦娘になるのかは、《開発》と同じで運任せだった。

ひとつ気になることがある。

「なあ、艤装《ぎそう》が造られるのではなく、艦娘が造られるのか？」

「……はい」

艦娘は艤装の部分以外は人間のようにしか見えないので、意外だった。

俺は加賀や瑞鳳を見つめる。

「君たちは、本当に人間ではないのか？」

「……」

加賀は無言。

瑞鳳が首をかしげた。

「えっと、どうなのかなあ？　どこか違《ちが》うところがあるかもしれないけど……よく確かめたことはないのよね」

「なるほど」

「もしも、提督《ていとく》が〝どうしても〟って言うなら、確かめてみる？　見るだけなら……」

「み、見るだけ？」

「見るだけなら……恥《は》ずかしいけど……」

──なんだ!?　なにを見るって言うんだ!?

俺は生唾《なまつば》を呑みこんだ。

加賀がジト目で睨《にら》みつけてくる。

「……却下《きやつか》」

瑞鳳が顔を真っ赤にして、両手を左右に振《ふ》った。

「あう⁉　も、もちろん提督が〝どうしても人間との違いを調べたい！〟って言うなら、〝命令には逆らいません〟って意味だからね⁉」

加賀がため息をつく。

「艦娘たちは命令に従うわ……でも、何事にも節度というものが……」

俺は慌《あわ》てて首を縦に振った。

「ああ、もちろんだ！　そんな命令はしないぞ！　君たちが人間とそっくりだろうと、違うところがあろうと、俺は艦娘として扱《あつか》うし、それは当然のことだろう⁉」

加賀がうなずく。

瑞鳳は少し寂《さみ》しげな笑《え》みを浮《う》かべた。

「あは……そうですよね。私は艦娘です……人間ではないんですよね」

――なんだ？

間違《まちが》ったことは言ってないはずなのに、違和感《いわかん》があった。

しかし、なにか具体的に疑問があるわけではない。俺は引っかかりを心の中に収めた。

とにかく、艦娘の建造を試してみることにする。

記録によると、前任者は、燃料250・弾丸《だんがん》30・鉄200・ボーキサイト30を何度も試していたようだ。

「この資源の数量はなんだろうな？」

「……高性能な駆逐艦《くちくかん》が建造できる可能性があるという計算だったようね」

「ふむふむ……とりあえず、当面はそれをやってみるか。これも加賀さんが頼めばいいのかな？」

「ええ、やってみるわ」

加賀がうなずく。

建造の看板の前に、資源を山積みにした。

開発と違って、完成するまでには、それなりに時間がかかるらしい。

「……やりました……しばらく待つことになりそうね」

「これは、見てないとマズイのか？」

「いいえ」

それならば、ここで待っているのは時間の無駄《むだ》というものだろう。

俺たちは工廠《こうしょう》を後にした。

夕飯の時間なので、瑞鳳は艦娘たち用の食堂へと向かった。

俺は食事を司令室で摂《と》る。

提督なんぞが部下たちの食堂に顔を出したら、みんなが不必要に緊張してしまう。

それと、上官はメニューが贅沢《ぜいたく》なものだ。部下と一緒《いっしょ》のテーブルでは、こちらも落ち着かない。

上官と部下たちは別々に食事を摂るのが当然だし、それが双方《そうほう》にとっていいことだった。

秘書艦の加賀だけは、俺と一緒だが。

司令室に戻《もど》ると、誰《だれ》かいた。

「ん？　給養員《きゆうよういん》……じゃないよな？　たしか、君は……」

黒髪《くろかみ》に眼鏡をかけた理知的な容姿の少女は、軽巡の大淀《おおよど》だった。

「おつかれさまです、提督」

「なにか用かな？」

ちょっと変わったセーラー服。これは女学生の制服によく使われているが、元々は海軍のものだ。

セーラー服の大きな襟《えり》は、それを頭の後ろで立てることで、集音に使うことができる。洋上で軍艦《ぐんかん》の上だと、命令などの声が聞き取りにくいため施された工夫《くふう》だった。

軍服が、どうして女学生の制服になったのかというと——とある国の女王がデザインを気に入り、クルージングのときに皇太子に着せたことから、子供服として定着したらしい。それが女性の間でも流行になる。

我が国には、最先端《さいせんたん》で活動的な女性のファッションとして、女学生の制服に採用されたという話だ。

——そういうわけだから、これは女学生の制服ではなく、立派な軍服なのだ。たぶん。

しかし、わからない。

どうして、スカートの腰《こし》のところがカットされて肌《はだ》が見えているのか。

とても気になるが、彼女は艦娘だから、おそらく相応の理由があるのだろう。

大淀が用件を告げる。

「提督に司令本部からの命令をお伝えしにきました」

「え？　電報が来たとか？」

「いいえ、私は司令本部と直接の通信が可能なんです」

「そいつはすごいな」

感心して大淀を見る。

彼女が嬉《うれ》しそうに胸を張った。

「私は艦隊旗艦《かんたいきかん》として特化設計された新鋭軽巡洋艦《しんえいけいじゅんようかん》ですから。艦隊指揮、運営はどうぞお任せください」

「頼《たの》もしいな……しかし、前線に出た艦隊の指揮はともかく……この艦隊の運営は、秘書艦が担《にな》ってるんじゃ？」

「もちろん、秘書艦としても、過不足ない働きをお約束します」

大淀が輝《かがや》くような笑みを浮かべた。

加賀が冷然と言い放つ。

「ここは譲《ゆず》れません」

いつもの歴戦の猛者《もさ》の眼光で睨みつける。大淀は微笑《ほほえ》みを絶やさず、ほがらかだ。

「ふふ……決めるのは提督ですから」

優《やさ》しげな笑みというのは、それだけだと安心感を与《あた》えるものだが……身震《みぶる》いするような威圧感《いあつかん》を受け止めながら、それでも涼《すず》しげに微笑んでいると、むしろ大淀に迫力《はくりょく》を感じてしまうのだった。

加賀が、こんどは俺を睨んでくる。

「……そうね……秘書艦の人選は、提督が行うものね」

「ふふ……そうですよ、提督？」

「ええっ!? 大淀が艦隊運営を得意とするのはよくわかった。でも、俺は加賀さんに不満がないから、交代させる気はないよ。優劣《ゆうれつ》をつけるつもりもないけどな」

怒《おこ》られるか、悲しまれるかな、と思ったら、大淀はピクリとも笑みを絶やさなかった。

「ふふ、わかりました。いつでも、お声をかけてくださいね。待ってます」

「あ、ああ……」

「それでは、司令本部からの命令をお伝えしますね？」

そういえば、それを伝えに来てたんだったな。

作戦名『あ号艦隊決戦』

沖ノ島《おきのしま》海域に襲来《しゅうらい》した有力な敵機動部隊を迎撃《げいげき》。全力出撃《しゅつげき》で、これを撃滅《げきめつ》せよ！

大淀が語る。

「十日後、大規模な輸送作戦が実施《じっし》されます。

過去、三回、同様の試みがなされ、その全《すべ》てが、途中《とちゅう》で深海棲艦《しんかいせいかん》による襲撃《しゅうげき》を受け、護衛艦《ごえいかん》を含《ふく》めて輸送部隊は壊滅《かいめつ》……作戦は失敗しています。

迂回《うかい》も検討されていますが、遠回りして航路が長くなれば、やはり深海棲艦に捕捉《ほそく》される危険性が高まります。なにより、輸送に必要な燃料が増えるため、それを用意するのは難しいでしょう。

この輸送作戦が失敗した場合、生活必需品《ひつじゅ》の供給が滞《とどこお》ることが予想されます」

説明を聞き終え、俺はうなずいた。

「なるほど……海外からの輸送作戦か」

「はい。国内では用意できない品物もありますから……燃料やゴムなどの原料。そして、一部の医薬品ですね」

薬によっては、海外でしか作れないものもあるという。それを必要としている人は多いだろう。

燃料も重要だった。暖かくなってきたが、まだ北方では暖房《だんぼう》が欠かせない。国内の物流や工場にも必要となる。

我が国は資源を海外に頼っていた。大量の物資を輸送するには海路しかない。

今回の輸送作戦の成否が、多くの人命に関《かか》わっていることは、間違いなかった。

「作戦の重要性は充分《じゅうぶん》に理解した。もとより、命令に異存はない」

「はい。受諾《じゅだく》の報告をしておきます」

「十日後か……」

「よろしくお願いします、提督《ていとく》」

大淀が一礼して、司令室の扉《とびら》へと向かう。

出る前に、振り返った。そして、相変わらずの微笑みを浮かべたまま。

「提督が必要とされるならば、艦隊旗艦として先頭に立つ覚悟《かくご》です。私はそのために、特化設計された新鋭軽巡洋艦ですから」

そう言い残して、彼女は司令室を出て行った。

「はは……足柄もそうだったけど、ずいぶんと積極的な子みたいだな」

戦意旺盛《おうせい》なのは助かるが、資源を考えても出撃させられる艦娘は限られる。悩《なや》ましいところだった。

　加賀がため息まじりに言う。

「……彼女のは、積極的というのとは……すこし違《ちが》うかもしれないわね」

「どういうことだ？」

「……責任感……あるいは、後悔《こうかい》かしら？」

　なにか事情があるのか。

　しかし、加賀はそれ以上、大淀について語ることはなかった。


『あ号艦隊決戦』の対象となる沖ノ島海域について、加賀が資料を出してくれた。

「……これが、沖ノ島海域です」

「ん？　加賀さん、顔色が悪いぞ？」

「……そう……この命令……前任者のときにも、同様のものがあったわ」

「ああ、南西からの輸送をするなら、この辺りは避《さ》けて通れないからな。非常に重要な海域だろう」

「……出撃した艦隊は、途中で撤退《てったい》し……作戦は失敗しました」

加賀の表情は暗かった。

俺は眉《まゆ》をひそめる。

「撤退した？」

「前任者は、戦艦《せんかん》を中心とした艦隊を編成したわ。でも、途中で大破した艦娘《かんむす》がいて、敵の中核《ちゅうかく》艦隊を目前にしながらも……撤退を決断したの」

「ふむ……そんなにも大規模な敵艦隊が展開してるわけか……あちらも、要衝《ようしょう》だとわかってるんだろうな。出撃の記録はあるか？」

「こちらです」

加賀が紙束をよこす。

前任者が指揮を執《と》った作戦の記録だった。

つぶさに目を通す。資料を読み取るのは早いほうだった。

「ふむふむ……」

戦艦を主軸《しゅじく》として、火力と装甲《そうこう》に優《すぐ》れた艦《ふね》を並べている。

長門・陸奥・愛宕・足柄・羽黒《はぐろ》・大淀の六隻《せき》だ。

ふと浮《う》かんだ疑問を口にする。

「そういや、艦娘たち全員を出すわけにはいかなかったのか？　あとの補給が大変なことになるのは、わかるが……」

大規模な輸送作戦ならば、それだけの価値があるはずだった。

「……艦娘が六人以上で動くと、深海棲艦の監視網《かんしもう》にかかってしまうの……かなり遠距離《えんきょり》から、敵の航空機の空襲《くうしゅう》を受けるわ」

「そいつは厳しいな」

「あと、旗艦《きかん》の子が統率《とうそつ》できるのは、今のところ二艦隊、十二人がいいところ。目も声も届かないから」

艦隊二つを合わせて連合艦隊を組むこともできるのか。

しかし、敵航空機が襲来するのは厳しかった。

ただでさえ、こちらは対空戦力が心許《こころもと》ない。

「うーん……今の鎮守府《ちんじゅふ》の資源を考えると、六人を選抜《せんばつ》したほうがよさそうだな。深海棲艦が基地としてる島も近いし」

付近の島から航空機が襲来した場合、この鎮守府の全ての空母を出撃させたとしても、対応は難しいだろう。

超巨大《ちょうきょだい》な不沈《ふちん》空母と戦うようなものだ。

深海棲艦に捕捉されないよう、六隻以下で臨《のぞ》むのが妥当《だとう》だった。


俺は渡《わた》された資料へと目を戻《もど》す。

過去に長門たちが出撃したときの経過が、克明《こくめい》に記録されていた。

敵巡洋艦隊と遭遇《そうぐう》。これを撃破《げきは》……

敵水上打撃《だげき》艦隊、戦艦ル級を確認《かくにん》。これを撃破……

——戦艦ル級⁉　あいつか⁉

俺は過去の戦闘《せんとう》を思い出した。自分の乗った駆逐艦《くちくかん》が砲撃《ほうげき》され、親友を失った戦いを。

あれがいるのか⁉

いや……戦艦ル級の深海棲艦は、何隻かの個体が確認されている。俺たちの乗った駆逐艦がやられたのは沖ノ島海域ではなかったし、あいつとは限らなかった。

俺は深呼吸する。

加賀がお茶を出してくれた。

「……大丈夫《だいじょうぶ》かしら？」

「ああ」

熱めのお茶で喉《のど》を潤《うるお》し、気持ちを落ち着ける。

過去の出撃では——敵空母機動部隊と遭遇。空母ヲ級flagship と交戦し、ここで大淀が、大破している。

「空母にやられてるじゃないか!?」

「そうね」

「どうして、長門たちは空母を軽視するようなことを言うんだ!?」

「あちらの空母は特殊《とくしゅ》なのよ。とくに飛ばしてくる航空機が違っているわ……高性能で、夜でも飛行できるの」

「む……」

資料を確かめると、たしかに特殊な形状の航空機を飛ばしてくるようだ。

装備換装《かんそう》により戦闘機にも艦攻《かんこう》にも艦爆《かんばく》にもなるという。夢のような機体だった。

しかも、こちらの航空機は夜間は使用できないが、あちらは夜でもお構いなしに飛んでくるらしい。

「敵の航空機の性能について、詳細《しょうさい》な記録は？」

加賀が首を横に振《ふ》った。

戦闘記録は、あくまでも艦娘たちの証言を元にしている。あとは、例の通信機を通して戦況《せんきょう》を見ていた前の提督のメモくらいか。

こちらの戦闘機との交戦記録があればよかったのだが……

「前任者は、どうして空母を出さなかったんだ？」

「火力と装甲に劣《おと》るからでしょう」

「しかし、相手の艦載機から味方を守ることができたんじゃないか？」

「どうかしら？　私たちの艦載機より、相手のもののほうが、性能がいいから」

「さっき開発したような、より上の艦載機を使ったら、どうだ？」

「……試《ため》したことはないわね」

「そこは戦ってみないとわからないか……今回は十日ある。何度か出撃《しゅつげき》できるだろうか？」

多くのデータがほしいので、出撃回数を増やしたいところだった。

しかし、加賀が苦い顔をする。

「……難しいわね。深海棲艦が展開している海域に出撃となれば連戦になるわ。昼の演習の比ではない消耗《しょうもう》があるから……長門や陸奥を出したら資源の消費はかなりのものよ。しかも、彼女たちが大破した場合、修理には時間もかかるの」

「ああ、なるほど……」

「そのあたりも、記録にあるかと」

資料の先を読む。

たしかに、撤退したあとの記録もつけられていた。

補給により資源を消耗。まだ鎮守府に来て間もない俺が見ても、はっきりわかるほど大量に必要だった。

さらに修理には時間もかかり、結局、二回目の出撃をすることはできなかったようだ。

その後は、強力な深海棲艦《しんかいせいかん》のいる海域に、輸送部隊が突入《とつにゅう》……

護衛が奮闘《ふんとう》するも、多くは撃沈《げきちん》されてしまう。

目を覆《おお》うような被害《ひがい》が出た。

阿鼻叫喚《あびきょうかん》の様子がありありと想像できる。俺は額をぬぐった。

「……敵の中核艦隊に、あと一歩のところまで迫《せま》ったんだな……それでも、前任者は撤退を選んだか」

「そういう命令を出したわね」

艦娘の撤退により、輸送作戦は失敗したと言っていい。

「もしも、大破した艦娘がいても進軍していたら、どうなったと思う？」

「断言はできないけれど……」

「加賀さんの想像でかまわない」

さほど思案する間を取らず、彼女は口を開いた。おそらく、進軍していたなら、という仮定は何度も思考していたのだろう。

「……長門たちは、敵中核艦隊《かんたい》を撃破して、沖ノ島《おきのしま》海域から深海棲艦を撤退させていた可能性があるでしょうね」

「そうすれば、過去の輸送作戦は成功していたかもしれない」

「ええ。そういう選択《せんたく》も、間違《まちが》いではなかったわね。いいえ、むしろ本来は、それが正しかったのかもしれない……」

含《ふく》むところがありそうだった。

間違ってはいない。しかし、正しいとは言い難《がた》い。

――そのとき〝撤退〟を選んだ判断は、前任者が今、ここにいないことと関係があるんじゃないのか？

「……改めて確認するが……前任者と艦娘たちとの関係は問題なかったと言ってたな？」

彼女が迷いなくうなずいた。

「ええ」

「俺のように自分に罰則《ばっそく》を適用する必要もなかったようだ」

「そうね。彼女は品行方正で失敗の少ない人だったわ」

「けれども、今はいない。艦娘たちを率いる鎮守府の提督より重要な立場などあるか？　あるはずがない。ここは人類の最後の砦《とりで》だ」

「……そうかもしれないわね」

「それだけ重要な立場にもかかわらず、俺に引き継《つ》ぎをする期間さえなかったということは、〝同じことは期待されてない〟ということになる」

「……少なくとも、司令本部は、そう考えてるでしょう」

「つまり、前任者は、〝失敗した〟と思われてる。艦娘たちとの関係にも、日頃《ひごろ》の行動にも問題がなかったとすれば、あとは戦果だ」

加賀がため息をつく。

それは、観念したということなのかもしれない。

しばらく、沈黙《ちんもく》してから、ひとつうなずいた。

静かな声で語る。

「……貴方《あなた》の考えているとおり……あの方は命令を遂行《すいこう》できなかった。大破した艦娘を無事に帰還《きかん》させることを優先した」

「そのせいで、更迭《こうてつ》されたのか？」

「……真相まではわからないけれど……少なくとも、私たちは、そう考えているわね」

「艦娘を帰還させて、作戦が失敗したから、か」

「大切な作戦だったのは、私たちも理解してる。たぶん、あの方も理解してたと思う……覚悟《かくご》してたのでしょうね」

「覚悟……？」

「異動の通知が来たとき、もう荷物の整理は終わっていたから」

撤退《てったい》を命令することの重大な意味を、前任者は充分《じゅうぶん》に理解していたようだ。

それでも、撤退した。

大破した大淀を守りつつ帰投するよう命令した。

「……もしも進軍したら、深海棲艦には勝てたかもしれない。しかし、大破していた大淀は、どうなったと思う？」

「損傷した艦娘《かんむす》は、普段《ふだん》の力を発揮できないから……そのまま戦闘に参加したら、ろくに回避《かいひ》運動も取れなかったでしょう……」

それでは、単なる標的になってしまう。

加賀が噛《か》みしめるよう、一言一言を区切って、言う。

「きっと大淀は、深海棲艦にやられて、轟沈《ごうちん》したわ」

「轟沈……か……」

まるで、この部屋が深海に沈《しず》んだように、空気が重たくなった。

息苦しい。

俺は軍服の襟《えり》を直した。それくらいでは、なにも変わりはしなかったが……

先ほど、司令室を訪ねてきた大淀のことを思い出す。

「提督が必要とされるならば、艦隊旗艦《きかん》として先頭に立つ覚悟です。私はそのために、特化設計された新鋭軽巡洋艦《しんえいけいじゅんようかん》ですから」

あれは、たんに旗艦や秘書艦という立場を求めての言葉ではなかったということか。

彼女は悔《く》やんでるんじゃないのか？　進軍《しんぐん》しなかったことを……

進めと前任者が命令しなかったことを、今、どう思ってるんだ？　自分が大破したせいで撤退することになって、深海棲艦は撃破できず、輸送部隊は壊滅《かいめつ》させられ、作戦は失敗した。多くの貴重な物資が失われた。

そして、前任の提督が更迭されてしまった。

「なるほど……責任感か、後悔《こうかい》か」

加賀は語らない。

大淀の本心は、彼女自身にしかわからないことだ。

「提督は、どうしますか？」

「う、む……」

艦娘が大破したとき——撤退すれば、多くの人命が失われて自分は更迭されるであろう作戦のとき、敵の中核《ちゆうかく》艦隊を目前にして——

「提督は、〝進軍〟と〝撤退〟の、どちらを選びますか？」

俺は即答《そくとう》できなかった。

第4章　あ号艦隊決戦

三日後――

昼食のあと、再び全員を作戦会議室へと集めた。

俺は『あ号艦隊《かんたい》決戦』命令の受諾《じゅだく》を艦娘たちに伝える。

ざわつきは、ほんの少しの間だった。

前任者が受けて、果たせなかった命令だ。司令本部から、その命令が来ることは、みんな覚悟していたのだろう。

長門が前に出る。

「当然、この私が出るのだろうな!?」

「そうだな……ただし、すぐには出撃しない。今回は準備に時間をかける。作戦の決行は一週間後だ」

「ほう？　すぐには出ないのか」

「資源の残量を考えても、何度も出撃《しゅつげき》するのは難しいからな。できるだけの準備をして、その一回に全力を尽《つ》くす」

「ふむ……それも潔《いさぎよ》いな。嫌《きら》いではないぞ」

陸奥が楽しげに声をあげる。

「あら、あらあら、私も出番かしら?」

前任者のときに出撃したメンバーが、自分が出撃するのだろう、と考えるのは当然だった。大淀は艦娘たちの列の一番前に並んでいる。

愛宕と足柄も、今度こそ、と考えている様子だった。

黒髪《くろかみ》おかっぱの少女——羽黒だけは戦意旺盛《おうせい》とはいかないようだ。会議室の後ろのほうで小さくなっている。艦娘《かんむす》図鑑《ずかん》の青葉メモにも、羽黒は〝引っこみ思案〟と書いてあった。

——やはり、考えた人選で間違いはないだろう。

提督の仕事として、誰《だれ》を出撃させるのかは、一番の重大事といっていい。

初仕事を託《たく》す艦娘たちだ。

そして、おそらく、失敗すれば最後の仕事となる。

俺は三日三晩かけて検討した艦娘を発表する。

「……旗艦は、戦艦《せんかん》長門だ」

「うむ、いいだろう！」

長門が拳《こぶし》を握《にぎ》りしめた。

「そして、戦艦陸奥」

「私の出番ね。いいわ、やってあげる！」

陸奥が前に出て、そのスタイルのいい身体《からだ》を見せつけるように、腰《こし》に手をやり、しなを作った。

こんな状況《じょうきょう》ではあるが、赤面してしまいそうだ。

自分が女性に慣れていないことが、まさか提督としての職務に関係してくるとは、思ってもみなかった。

咳払《せきばら》いして、続きを読みあげる。

「重巡洋艦の愛宕、同じく足柄」

「ぱんぱかぱ～んっ！　提督ぅ、私が力になってあげるわ♪」

「出撃よ！　戦場が、勝利が私を呼んでいるわ！」

ここまでは、どの艦娘たちも、当然という顔をしていた。

自分の名前が呼ばれるだろうと思っている大淀のほうを見る。

「すまん……今回は、人選を変えるつもりだ」

「大淀が相当の覚悟をしてくれているのは、わかってる。しかし、戦闘記録《せんとう》を見たうえで、今回は別の艦娘を出撃させようと思う」

「え？」

彼女は唇《くちびる》を噛んだ。

しかし、沈んだ表情も一瞬《いっしゅん》のこと。大淀が笑《え》みを浮《う》かべた。

「そのほうが勝てると提督がお考えなら、人選を変えるべきだと思います。私に遠慮《えんりょ》する必要なんてありません」

「ありがとう。これ以上なく充分に考えた結果だ。沖ノ島《おきのしま》海域の深海棲艦《しんかいせいかん》を撃破《げきは》して、君と前任者の無念を晴らしたい」

ずっと笑顔だった大淀が、メガネの奥の瞳《ひとみ》を潤《うる》ませる。

「……はい……信じています、提督」

艦娘たちが、ひそひそと言葉を交《か》わす。

軽巡で一番手と目される大淀が外された。それなら、他《ほか》の重巡か？　しかし、愛宕や足柄ほど経験を積んでいる重巡はいない。いくら軽巡より重巡のほうが基本的な性能が上とはいえ、訓練の足りない艦娘では難しいだろう。

まさか駆逐艦《くちくかん》が選ばれるはずはなかった。

だとすると、いったい誰が？　そんなささやき声が、彼女たちから聞こえてきた。

俺は出撃させる艦娘の名前を発表する。

「正規空母、赤城」

「ありがとうございます。私にお任せくださいませ」

赤城が前に出てきた。

長門たちが意外そうな顔をする。

「空母だと？」

その疑問には、説明が必要だろうな。

「ああ、艦隊にとって、空母は非常に重要だ」

「私とて空母が有用であることは知っている。前の提督も試《ため》してはいたからな。しかし、敵の空母は強力で、この鎮守府《ちんじゅふ》にある飛行機では、さほど効果的な戦いができないのではないか？」

「空母の練度は問題ない。うまくいかなかったのは……」

前任者の運用に問題があった、と俺は考えている。

しかし、それを口にするのは憚《はばか》られた。

もういない者のことを悪く言うのは、品《ひん》のない言動だ。他の表現を使ったほうがいいだろう。

「……とにかく、最適な運用方法を考えてある」

「むっ……提督《ていとく》がそこまで言うのなら、いいだろう。まぁ、深海棲艦など私の拳で粉砕《ふんさい》してくれる！」

長門が納得《なっとく》したことで、艦娘《かんむす》たちの関心は、次へと移った。

最後の一人は誰なのか？

多くの視線が、秘書艦の加賀に注がれる。

この鎮守府で最も優秀《ゆうしゅう》な正規空母であり、最も優《すぐ》れた艦載機《かんさいき》を預けられている艦娘だ。

しかし、俺の考えは違《ちが》っていた。

「六人目は……軽空母、瑞鳳」

「えええ〜〜〜〜!?」

悲鳴のような声をあげたのは、他の誰でもない瑞鳳だった。

まったく予想していなかったのだろう、並んでいる場所も、艦娘たちの列の端《はし》のほうだった。

周りにいた龍驤や祥鳳まで驚《おどろ》きの声をあげる。

他の艦娘たちの動揺《どうよう》は予想以上だった。

つかつか、と長門が詰《つ》め寄ってくる。

「提督、どういうつもりだ⁉　瑞鳳だと⁉　こいつは軽空母ではないか！」

「……あ、ああ……しかし、過去の索敵《さくてき》の成功率や回避《かいひ》率は……」

「装甲《そうこう》も耐久《たいきゅう》性も格段に劣《おと》るぞ⁉」

「それはそうだが、目標海域の深海棲艦を撃破するために、最善の編成を考えたつもりだが？」

「馬鹿《ばか》な！　空母を選ぶなら、せめて二人目は加賀にするべきだろう！」

「加賀さんには、彼女にしか任せられない役割があるからな」

「納得いかんな！　軽空母なんぞが、あの海域で役立つのか⁉」

長門が怒鳴《どな》りつけた。

槍玉《やりだま》に挙げられ、瑞鳳が困惑《こんわく》したように左右を見渡《みわた》す。

「あ……う……」

しかし、他の艦娘たちも、懐疑《かいぎ》的なようだ。

——役に立つかだって？

「もちろんだ。しっかりと戦闘記録を読み取れば……」

「ここの艦隊の戦闘ならば、私はほとんどをこの身で経験している！　戦場で役立つのは、火力と装甲だ！」

「……否定はしないが、艦隊には様々な役割がある。瑞鳳は、この鎮守府にいる空母のなかで赤城の次に実戦経験を積んでいる。沖ノ島海域でも充分《じゅうぶん》に通用するだろう。俺はそう判断した」

戦闘記録を吟味《ぎんみ》しての判断だ。それ以上は説明のしようがなかった。

こんなにも反対されると思っていなかったので、とくに説得材料など用意していなかったのだ。

甘いと言われれば、甘いのだろうけれど……

数学の問題で、答えは導いたものの、解法の説明に苦労しているような気分だった。本当に答えが合っているかは、まだわからないのだが。

どう説明したものか？

俺が困ってしまったせいで、余計、長門に不信感を持たれてしまったのかもしれない。

彼女はとんでもないことを言い出した。

「提督は瑞鳳を贔屓《ひいき》しているのではないだろうな⁉」

「な、なに⁉」

「鎮守府に来る前から見知っていて、仲がいいと聞いたぞ？」

「たしかに、俺は提督になる前の戦闘で、瑞鳳を見かけたし、この鎮守府に来たばかりのときにも、話をしている。しかし、そういうことと出撃の人選は関係ない」

「本当か？」

「贔屓なんてするわけないだろう？　作戦の成否が懸《か》かってるんだぞ」

「私情ではないという証《あかし》はあるのか⁉」

「えっ⁉　証と言われてもな……」

　ざわつく。

　瑞鳳が肩《かた》を震《ふる》わせた。俺のほうを見て、口を開く。

「あ、あの！」

　彼女の言動に、みんなが注目する。場が一斉《いっせい》に静かになった。

　しかし、瑞鳳は言葉を続けられない。

　思ってもいなかった抜擢《ばってき》と、周りの艦娘たちの不安げな視線に、言葉が出てこないようだった。

　うるっ、と彼女の瞳に涙《なみだ》が溢《あふ》れる。

「……わ、私……無理です！」
駆《か》けだした。
瑞鳳が作戦会議室を飛び出してしまう。
まさか、そんな行動に出るとは思っていなかった。
「ず、瑞鳳!?」
――追いかけるべきか!?
いや、それでは、他の艦娘たちへの示しがつかない。それこそ贔屓だ。
艦娘たちの騒《さわ》がしさは、最高潮を迎《むか》えていた。
想像と妄想《もうそう》が翼《つばさ》を広げて飛び回る。
このままでは、沖ノ島海域に出撃《しゅつげき》するどころじゃない――鎮守府崩壊《ほうかい》の危機だ！
パアン！　と空気が震えた。
しん、と静かになる。
加賀が両手を叩《たた》き合わせた音だった。
鋭《するど》い眼光で睨《にら》みつけられ、艦娘たちが押し黙《だま》る。

緊張感《きんちょうかん》のある沈黙《ちんもく》。

みんなを見渡し、加賀が重々しい声で言う。

「……提督の決定が不満？　そう……それなら誰《だれ》か、沖ノ島海域を制圧する方法を教えてちょうだい。それとも、前と同じ結果がお望みなの？」

うっ……と艦娘たちが絶句した。

そうそう妙案《みょうあん》などあるはずがない。そして、前回と同じ結果は誰も望んでいなかった。深海棲艦を撃破できず、輸送作戦は失敗してしまい、命令を遂行《すいこう》できなかった前任者は更迭《こうてつ》された。

繰《く》り返したくない。

長門は納得していない様子だったが、反論はなかった。

火力と装甲にこだわれば、前回と同じ編成になるだろう。そして、結果も同じになってしまったら……。

俺は帽子《ぼうし》をかぶり直す。

「贔屓などではなく、勝つための編成案だ。贔屓がない証なんぞ用意がない。どうしても俺を信じられないと言うのなら、君に無理強《むりじ》いはせんよ」

「むっ……」

長門が思案顔になる。

俺は肩をすくめた。

「しかし、君が俺を信じてなくても、俺は君を信じてるんだがな？」

「ふむ？」

「長門ならば、どんな編成であろうとも、我が艦隊《かんたい》を勝利に導いてくれる、と……」

「ッ⁉」

ぱあぁぁ……と長門の表情が明るくなる。

瞳《ひとみ》がキラキラと輝《かがや》きだした。

試しに言ってみたのだが――もしかして、その気になってくれたのだろうか？　だとしたら、ずいぶんチョロ……いや、前向きで助かるなあ。

長門が拳《こぶし》を突《つ》き出した。

「当然だ！　私がいれば編成など関係ない！　敵戦艦《せんかん》との殴《なぐ》り合いなら任せておけ！」

長門は、いいやつだった。

瑞鳳の部屋――

駆逐艦の雷や電たちが追いかけていたらしく、居場所を教えてくれた。

ノックしたが、反応がない。

あまり強く叩くと、まるで脅《おど》しつけているかのようだ。

かといって、このまま帰るわけにはいかない。この作戦には、瑞鳳の力が絶対に必要だと思っていた。

ドアを引き開ける。


そこで見た彼女の部屋は――

航空機が沢山《たくさん》あった。

本物ではなく、精巧《せいこう》にできたプラモデルのようだ。それが、壁《かべ》一面のガラス扉《とびら》の棚《たな》に、ずらりと並んでいる。

そういえば、無類《むるい》の航空機好きだったな。

プラモの箱が山積みになっている。

瑞鳳はそれらに囲まれた部屋の真ん中にある机で、こちらに背を向けてプラモを組み立てていた。

集中しているようで、俺が入ってきたことにも気付いていない。

なにか、ブツブツとつぶやきながら一心不乱に工作している。

耳を澄《す》ませば――

「逃《に》げちゃったなぁ……でも、私は長門さんみたいに強くないもん……はぁ……強くなくても脚《あし》がかわいいもんね……脚が……」

すでに部屋には九九式艦爆《きゆうきゆうしきかんばく》のプラモが複数あるが、さらに新たな九九式艦爆を組み立てながら、そんなことをつぶやいていた。

このまま黙って立っているのも趣味《しゆみ》が悪いな。

俺は咳払《せきばら》いした。

「オ、オホン！」

瑞鳳がビクリと肩を震わせて、俺のほうへと振《ふ》り返った。

「て、提督……!?」

怒《おこ》られるのを怖《こわ》がっている子供のような目だった。

俺は扉のあたりに腰《こし》を下ろして、あぐらをかく。とにかく、見下ろしているのは威圧的《いあつ》

でよくないと思った。

「すまないな、返事がなかったので入らせてもらったぞ」

「うああ……す、すみません！」

「瑞鳳、今回の編成で思うところはあるようだが……長門は納得《なっとく》してくれた。あとは君の意思一つだ」

彼女が驚《おどろ》いた顔になる。

「長門さんが⁉ で、でも、私は先日の演習でも負けちゃいました……あの……本当に、提督は私が活躍《かつやく》できると思ってるんですか？」

彼女は自分に自信が持てず、俺に贔屓されたと感じているようだ。

少し長くなるぞ――と前置きして、床《ゆか》に資料を広げる。

「過去の戦闘記録だ」

「はい……えっと……？」

「ここの数値を見てくれ。被弾《ひだん》したときの状況《じょうきょう》なんだが……」

俺は延々と資料の読み方を教える。そして、そこから導き出せる艦娘《かんむす》の性能――図鑑にはない項目《こうもく》を数値化して瑞鳳に説明した。

いくつも質問を受け、全《すべ》てに答える。

兵学校の教官と生徒のようなやり取りだった。俺は人付き合いは下手だったが、学科は得意なほうだ。

俺がひとつひとつ丁寧《ていねい》に疑問を解きほぐしてやると、最初は不安げだった瑞鳳が徐々《じょじょ》に表情を変えていく。数時間後には、納得顔でひとつうなずいてくれた。

「……そういうことなんですね」

「予想でしかないが、俺は賭《か》ける価値があると思ってる」

「提督が、私を選んでくれた理由が、ちょっとだけわかった……ような気がします」

よかった。

理論的に根拠《こんきょ》を説明できたようだ。

しかし、まだ彼女の表情は晴れていなかった。

「なにか心配があるのか？」

彼女は口篭《くちご》もったすえに、小さな声でつぶやく。

「……わ、私……逃げ出しちゃったから……提督に名前を呼ばれたとき、艦娘なのに……いつも軽空母だって活躍できるなんて言ってるのに……私は提督に本当に信じてもらえるのかな――」

「大丈夫《だいじょうぶ》だ！」

俺は瑞鳳の肩に手を置いた。

彼女は、まだ自分の力を信じ切れていなかった。だからこそ、人一倍訓練するのだろう。

俺が鎮守府《ちんじゅふ》に着任した、あの日のように。

「瑞鳳が活躍できることを、俺は過去の資料から理論的に知っている。君が努力家であることも……どうか、俺が信じていることを君が信じてくれ！」

「て、提督……」

瑞鳳の瞳が、また潤《うる》んだ。

頬《ほお》を上気させる。

俺は帽子を取って、頭を下げた。

「さっきの会議の件は……事前の相談なしに発表して驚かせてしまった、俺の責任だろう。君は深海棲艦《しんかいせいかん》を怖がって逃げだしたことなど一度もないのだから。なんなら、また戦闘記録を初めから見てみるか？」

「え？　い、いいです！　もういっぱい見たから！」

瑞鳳がハタハタと手を左右に振る。

「じゃあ、やってくれるか？」

少し考えてから、瑞鳳がうなずいた。

「わかりました。私、自分を信じてみます！　提督も、私を信じてください。軽空母でも活躍できるって」

「もちろんだとも」

「どんなときも、ですよ？　危なくなっても、最後まで信じないとダメだからね？」

「約束しよう。どんなときも、瑞鳳のことを信じるよ――そのかわり、絶対に鎮守府に帰ってきてくれよ？」

「はい。必ず帰ってくると、お約束します！」

「ありがとう。君たちが深海棲艦を撃破《げきは》し、無事に帰ってこられるように、俺は全てにおいて万全《ばんぜん》を尽《つ》くす」

「よろしくお願いします、提督！」

嬉《うれ》しそうに笑って、彼女が深々と頭を下げた。

そして――

顔を上げたあと、瑞鳳がため息をついた。

「はぁ……」

「ん？　すまないな。急にいろいろ教えたから、疲《つか》れたか？」

「あっ、そうじゃないんです。ただ、ちょっと残念だったかな～って……あはは」

「えっと……あ、あの、こんなこと言ったら、みんなに怒られるかもしれないけど……実は贔屓されてるかもって思ったとき、ちょっと嬉しかったの。もしかして、提督に女の子として見てもらえてるのかなって……ああ、やっぱり恥《は》ずかしい！　今の、なしで！」

「残念？」

「そ、それは……」

俺とて、瑞鳳を艦娘としてだけ意識しているわけでは……

そんなことを考えて、自分に驚いてしまう。

——なにを馬鹿《ばか》なことを！

瑞鳳は艦娘だ。

俺は提督だ。

彼女からすれば、俺は上官になる。

この組織において、上官の命令は絶対であり、ときには命を捨てるような命令でさえ、下すことがある。

そういう場所で、俺が艦娘に私的な感情を持ったり、それを口にしたりするのは許されない公私混同ではないか？　職権乱用ではないか？

しかし、瑞鳳は〝女の子として見てもらえてるのかな〟と言った。

普通《ふつう》の女性として扱《あつか》われることを望んでいるのか？

艦娘たちが全てそうなのか、瑞鳳が変わっているのかは、わからない。しかし、彼女の気持ちには充分《じゅうぶん》に配慮《はいりょ》すべきだろう。

――なにより、俺は瑞鳳を魅力《みりょく》的だと感じている。

上官の無理《むり》強《じ》いにならぬよう注意しつつ、彼女の気持ちに配慮した言葉を伝えたい。

まるでパズルのようだった。

「……瑞鳳は、充分に魅力的だ」

「艦娘としての性能の話ですよね？　ありがとうございます」

「あ、いや……女性としての話だ……初めて見たとき、美しいと思った……話してみて、楽しいと思った」

「えっ!?　えっ!?」

「……俺は女性の魅力を論じられるほど、なにかを知っているわけでもない。だから、俺なんかの言葉にどれほどの価値があるかは疑問だが……その……君が自分に女性的な魅力がない、などと落ちこむのは間違《まちが》っている――と俺は言いたいのだ」

「ふぁぁぁ……」

ずいぶんと回りくどい言い方になった。

しかし、これなら俺の私的な感情を伏《ふ》せたまま、彼女に魅力があることを伝えられたのではないだろうか。

瑞鳳が耳まで真っ赤になっていた。

「み、みりょくてき？」

「え？　あ、ああ……そう思うが？」

「か、かわいい？」

「そうだな。君は笑うと、とくにかわいいな」

「うへへ……九九艦爆の脚よりも？」

「それは比べるところなのか？　よくわからないが、人間の価値観に照らし合わせて、俺は君を魅力的だと評価する」

「だ、だめです、提督……そんな……わ、私たち、提督と艦娘なのに……」

「……ああ……わきまえている」

当然、許されないことだろう。艦娘は人類の希望だ。深海棲艦への唯一《ゆいいつ》の対抗《たいこう》手段だ。

俺は慣れない感情を胸の奥底へと追いやった。

瑞鳳がブツブツとつぶやく。

「……はぁぁぁ……私、戸籍《こせき》がないけど、結婚式《けっこんしき》なら挙げられるよね？　あ、でも、人と艦娘って、子供はできるのかしら？」

――ん？　なにやら結婚式とか聞こえたような？

いや、まさかな。

どうやら俺は、自分で思っているよりも浮《うわ》ついているようだ。気を引き締《し》めなくては。

「瑞鳳よ、今後について話したいのだがな」

「は、はい……私たちの今後について……!?　いつ考えるの!?　今でッ……あ、いえ、なんでもないです」

「できるだけ多く造る必要があるので、どうか協力してほしい」

「ふぁぁぁ……いきなり……つ、つくるだなんて……!?」

瑞鳳が目を回す。

少し予想外の反応だった。俺は首をかしげる。

「大丈夫か？　出撃《しゆつげき》の準備や訓練で忙《いそが》しいと思うが、朝や夜に、これからは毎日、やってもらうことになるが……」

「ま、待って……こ、心の準備が……」

「瑞鳳ならできるよ」

「で、できちゃうかな!?」

「この前だって、天山《てんざん》を造ったじゃないか」

「え？」

「今回の作戦には、より高性能な艦載機が一機でも多く必要だ。頼《たの》むぞ」

「…………あー……あ、うん」

なぜか、顔を真っ赤にしている瑞鳳だった。

彼女の気持ちに最大限の配慮をしたつもりだったが、やはり女性との意思疎通《そつう》は難しい。

もっと精進《しょうじん》せねばな。


司令本部から命令を受けて、十日目——

本日が期限となる。

「これより、『あ号艦隊決戦』を決行する！」

俺の言葉に、六人の艦娘たちが敬礼し、港を発《た》つ。他《ほか》の艦娘たちが手を振《ふ》って見送った。

そして、数時間後。

沖ノ島《おきのしま》海域に突入《とつにゅう》する予定の刻限となる。

俺は司令室に一人きりで、出撃《しゅつげき》した六隻《せき》の様子を見守っていた。

秘書艦の加賀はいない。他の役割を任せたので、その支度《したく》をするため、すでに出ていた。

モニターには、長門、陸奥、愛宕、足柄、赤城、瑞鳳が映っている。

彼女たちは水上を滑《すべ》り、海原《うなばら》を駆《か》けていた。


沖ノ島海域に突入してほどなく——

偵察《ていさつ》機を放っていた瑞鳳が声をあげる。

「長門さん、索敵《さくてき》機が小規模な敵部隊を発見しました！」

「よし！　全艦《ぜんかん》、砲雷撃《ほうらいげき》戦、用意！」

艦娘たちが戦闘《せんとう》準備をはじめた。

敵艦隊を発見するには、予測の精度と、索敵機の練度と……最後は、運だ。瑞鳳ならば全《すべ》てを満たせると思っていたが——見事に期待に応《こた》えてくれた。

俺はモニターの前でうなずいた。

有利な形で、敵艦隊へと肉薄《にくはく》する。

先制攻撃《こうげき》のため、赤城と瑞鳳が艦攻《かんこう》隊を放った。

相手の動きを見るかぎり、こちらを探知していないように見える。過去の記録を見れば、決して勝てない相手ではない。

しかし、俺は緊張《きんちょう》を隠《かく》せなかった。

目の前で、見てしまったからだ。至近距離《きより》から艦砲《かんぽう》を直撃《ちょくげき》させても傷ひとつ与《あた》えられず、一方的に蹂躙《じゅうりん》された。

思い出すと、今でも脂汗《あぶらあせ》が浮《う》かんで、息が詰《つ》まる。

――本当に深海棲艦《しんかいせいかん》を倒《たお》せるのか？

敵艦隊の編成は、重巡リ級、雷巡チ級elite、雷巡チ級elite、軽巡ト級、駆逐《くちく》ハ級、駆逐ハ級というものだ。

大型の深海棲艦はいない、巡洋《じゅんよう》艦隊だった。

赤城がつぶやく。

「敵の前衛部隊といったところですね。こんなところで苦戦はしていられません」

彼女の言うとおりだった。目標である中核《ちゅうかく》艦隊は、展開する深海棲艦たちの、ずっと奥にいると予想されている。

飛んでいった艦攻隊が敵に発見されて、深海棲艦から対空砲火《ほうか》が放たれる。

しかし、先日の演習での、長門たちの弾幕《だんまく》に比べれば、ぜんぜん薄《うす》い。

悠々《ゆうゆう》と艦攻が接近し、魚雷《ぎょらい》を放った。

水柱があがる。

異形の敵艦たちが、悲鳴をあげた。

動物のような柔軟《じゆうなん》性をもっていた船体が、まるで石像のようになり、ぼろぼろと崩《くず》れて沈《しず》んでいく。

――撃沈《げきちん》した！

俺は初めて〝敵〟を沈めた。

深海棲艦の隊列が、回避《かいひ》運動のために大きく崩れた。

そこに、こちらの艦娘たちが距離を詰める。射程に入った。

長門が叫《さけ》ぶ。

「全主砲《しゆほう》、斉射《せいしや》！　てぇ――ッ!!」

轟音《ごうおん》が水面を揺《ゆ》らす。

通信機を通してですら、腹の底に響《ひび》くような音だった。

長門の姿を隠すほど巨大《きよだい》な砲炎《ほうえん》が、昼間だというのに周囲を赤く照らす。そして、砲口《ほうこう》からの白煙《はくえん》が、モニターの画面を真っ白に変えた。

一瞬《いっしゅん》の間……

敵艦を包みこむように水柱があがった。

爆発《ばくはつ》が起きる。

初弾《しょだん》命中！

俺は内心で拍手喝采《はくしゅかっさい》した。

これは、すごいことだ。少なくとも、普通《ふつう》の軍艦《ぐんかん》であれば、初弾は至近に落ちれば合格。ぜんぜん遠かったら、砲手《ほうしゅ》がどやされる。

最初の一発目から命中させるというのは、かなりの熟練度である証《あかし》だった。

41センチ連装砲《れんそうほう》の直撃により、深海棲艦が船体を歪《ゆが》めて轟沈《ごうちん》する。

射程は戦艦である長門と陸奥のほうが長かった。

相手からの応射はない。

ほとんど反撃《はんげき》を受けることもなく、さらに陸奥の攻撃が相手を仕留めた。

敵艦が黒煙《こくえん》をあげて沈んでいく。

上空を旋回《せんかい》している偵察機が、状況《じょうきょう》を確認《かくにん》した。

それを瑞鳳が報告する。

「えっと……敵艦の撃沈を確認です！　付近に敵影《てきえい》なし！」

「よし！」

長門がうなずいた。

モニターの前で、俺は小さく拳《こぶし》を握《にぎ》りしめる。

――勝った！

深海棲艦の艦隊を撃破《げきは》した！

相手は前衛の小集団でしかなかった。それでも、初めて〝敵〟を撃破したことに、俺は身体《からだ》が震《ふる》えるほど歓喜《かんき》する。

雄叫《おたけ》びをあげたいくらいだった。

念のため、艦娘たちの被害《ひがい》状況を確認する。

当然ながら、ほとんど反撃がなかったので無傷に近い。

艦載機《かんさいき》と弾丸《だんがん》を少し失ったくらいか。

通信機のスピーカーから、長門の声が流れてくる。

「提督《ていとく》、状況は見えているな？　賛辞を述べるのは早すぎるぞ。これからだ。ああ、一応、訊《き》いておくが、〝進軍《しんぐん》〟か〝撤退《てったい》〟か」

俺は苦笑《くしょう》する。

この通信機が多くの言葉を伝えられたなら、きっと賛辞を送っていたからだ。

伝えられるのは、ほぼ一言だけ。

「もちろん、進軍だ」

長門が当然という顔でうなずいた。

「よし、艦隊、この長門に続け！」

艦娘たちが沖ノ島海域の深部へと進んでいく。


モニターが切り替《か》わり、艦娘たちの位置が表示される。

違和感《いわかん》に気付いた。

予定していた航路から外れているのだ。

「うっ……逸《そ》れたか……？」

航路について、加賀から教えられていることがあった。

数日前のこと――

「羅針盤《らしんばん》？　それって方位磁石のことだろう？」

「……普通は、そうね」

「なにが違《ちが》うんだ？」

「深海棲艦の中核に向かうと、普通の羅針盤はおかしくなってしまうわ」

「そうなのか……」

通常の兵器が通用しない相手であるため、深海棲艦が展開している海域の深部へと進んだ経験などなかった。方位を惑《まど》わされるというのは初耳だ。

海の真ん中で、自分がどちらを向いているか判《わか》らなければ、正しい方角へ進むのは不可能だった。

加賀が懐《ふところ》から出して見せてくれたのは、金色の縁取《ふちど》りの美しい羅針盤だ。懐中《かいちゅう》時計くらいの大きさがある。

「……艦娘のために造られた羅針盤よ……これを使わないと、深海棲艦の中核には辿《たど》り着けないわ」

「そういうものもあるのか。助かるな」

「……ただし、妨害《ぼうがい》を完全には防げないから、目標に向かえるかは、運ね……貴方《あなた》は幸運なほうかしら？」

「運任せは好きではないが……仕方ないのだろうな」

「……ちなみに、使い方は、羅針盤を回すわ」

「回す⁉ なんで回す⁉」

加賀が小首をかしげる。彼女も理由は知らないが、それがこの羅針盤の正しい使い方らしかった。


長門の手にした羅針盤が、ぐるぐるぐるぐる勢いよく回されていた。

だんだん回転速度が落ちてくる。

ぴたっ、と東を指し示した。

そして、予定していた航路から逸れていく。

ここまでは被害軽微《ひがいけいび》で来ていた。

――どうか、中核艦隊に向かってくれよ。

提督になってから、祈《いの》ってばかりだ。我が事ながら、苦笑してしまった。

瑞鳳の〝瑞〟は幸運を表す一文字だという。その運勢に期待しよう。

艦娘たちが、海域から出てしまうのではないか、と不安に感じるほど大外を回った。

またも瑞鳳が声をあげる。

「敵艦隊《てきかんたい》、発見！」

「ようやくか！　次も私が粉砕《ふんさい》してくれる！」

長門が叫んだ。

慢心《まんしん》を諫《いさ》めるように、赤城が報告をうながす。

「敵艦隊の編成は、どうなっていますか？」

「はい、今、確認中です」

偵察《ていさつ》機からの情報を瑞鳳が伝達する。

「えっと……相手の編成は、重巡リ級、重巡リ級、軽巡ト級elite、駆逐ハ級elite、駆逐ハ級elite　がいて……それと……先頭に戦艦ル級がいます！」

――戦艦ル級!?

彼女の言葉に、俺は腰《こし》を浮かせた。

「ヤツか!?」

モニターに敵艦隊が映る。

あの夕暮れの海で見た、巨大な深海棲艦だった。

しかし、記憶《きおく》にあるものとは細部が異なっている。艦影はほとんど同じだが、砲の大きさや、頭部の形など、違いがある。

「……別か」

そうだった。戦艦ル級には複数の個体があり、俺たちの乗った駆逐艦《くちくかん》が撃沈されたのは、沖ノ島《おきのしま》海域ではない。

別個体の可能性が高かった。

頭ではわかっていたはずなのに、つい感情的になってしまった。

ピシャン！　と自分の頬《ほお》を両手で叩《たた》く。

――冷静になれ！

モニターのなかでは、すでに赤城と瑞鳳が艦載機を発進させていた。攻撃《こうげき》の主力は艦攻《かんこう》であり、その護衛として零式《ぜろしき》艦戦21型も飛ばす。

放った矢が、燐光《りんこう》を散らし、何機もの航空機へと姿を変えた。

相手側に空母はいない。おそらく、制空権は確保できるだろう。

ほどなく、先制攻撃の艦攻隊が深海棲艦《しんかいせいかん》の軽巡と駆逐艦を一隻《せき》ずつ撃沈した。

――敵艦隊をいち早く発見し、砲雷撃戦《ほうらいげきせん》がはじまる前に相手の数を減らしておける。なんと効果的だろうか！

まだ結論づけるのは気が早いかもしれないが、編成に空母を組みこんだのは正解だった。

そして、航空機の力は、索敵《さくてき》と先制だけではないのだ。

敵艦隊との距離《きょり》が近付く。

「全主砲、斉射！」

長門が号令した。再び砲炎が海を焼き、砲弾《ほうだん》が空を切り裂《さ》く。

相手の戦艦ル級も撃《う》ってきた。

互《たが》いに命中できず、近くに水柱があがる。

これが普通だ。初弾《しょだん》は命中しない。狙《ねら》いを修正して二発目、三発目を近付けていき、いかに早く当てるかが勝負だった。

遠くから敵艦と水柱を見て、その誤差を把握《はあく》する必要がある。

しかし、航空機を使えば、話は別だった。

上空から見て、敵艦に対して着弾《ちゃくだん》が何メートル離《はな》れていたかを正確に報告できる。

瑞鳳が叫《さけ》ぶ。

「誤差の報告が来ました！」

航空機による観測結果が、艦娘の戦艦たちへと届けられた。

長門がうなずく。

「いいだろう！　誤差修正！　次弾、てぇ――――ッ!!」

的確な照準により放たれた砲弾が、戦艦ル級に吸いこまれていく。

派手に爆発《ばくはつ》した。

おそらく砲塔《ほうとう》を直撃《ちょくげき》して、深海棲艦の持つ弾薬《だんやく》に引火したのだろう。空が明るくなったと感じるほど大きな爆発だった。

長門が拳《こぶし》を突《つ》き出す。

「よおし！」

弾着観測射撃《だんちゃくかんそくしゃげき》――

これにより精度の高い砲撃《ほうげき》が可能だった。

艦隊戦において勝利を左右するのは、火力と装甲《そうこう》だろう。

しかし、航空機があれば、その威力《いりょく》をより活《い》かすことができる。

具体的には、最大150％も上昇《じょうしょう》するという資料があった。

その後――

軽微《けいび》な被弾《ひだん》はあったが、ほぼ一方的に敵艦隊を殲滅《せんめつ》することができた。早い段階で相手の旗艦《きかん》を仕留められたのが大きい。

俺は再び、〝進撃《しんげき》〟の判断を下した。

敵、精鋭水雷戦隊《せいえいすいらいせんたい》と交戦。

これも撃破。

三戦目も、あまり消耗《しょうもう》せずに突破《とっぱ》することができた。

長門が腕組《うでぐ》みして、感慨《かんがい》深げに言う。

「ふぅ……前に来たときは仲間が大破してしまって、撤退《てったい》したな。だが、今回は全員が健在だ。今度こそ深海棲艦どもを殴《なぐ》り倒《たお》してくれる！」

「うふふっ……敵の空母と会わなかったのは、運がよかったわよねぇ」

愛宕が蜂蜜《はちみつ》みたいな声で言った。

赤城が笑《え》みを浮《う》かべる。

「そうですね。しかし、運ばかりではなく、ここまで順調なのは、私たち空母の活躍《かつやく》があってのことじゃないでしょうか？」

彼女の言うとおり、空母の働きは充分《じゅうぶん》に大きなものだった。

長門が唇《くちびる》を尖《とが》らせる。

「まぁ、飛行機が役立ってることは認めよう。しかし、戦いは火力と装甲だ！　この考えは変わらないな！」

頑固《がんこ》なやつだ。

話を聞いていて、俺は笑った。

艦隊の艦娘たちからも、笑みがこぼれる。その表情が、この作戦の成功を予感させてくれた。

旗艦の長門が、通信機ごしに尋《たず》ねてくる。

「そろそろ先へ進みたいが――提督よ、進軍か、それとも撤退か？」

「当然、進軍だ」

「よし！　第一艦隊、前進するぞ！」

艦娘たちが進みはじめる。その行く先には、敵中核《ちゅうかく》部隊がいるはずだった。

金色の羅針盤《らしんばん》が、北東を示す。


西の空が茜色《あかねいろ》に変わる。

水平線へと傾《かたむ》いた太陽を背にして、六隻の艦娘たちが羅針盤の示す方角へと向かっていた。

隊列を乱さず駆《か》ける彼女たちの姿は、まるで渡《わた》り鳥のようだ。

そこが戦場だということを忘れるほどに美しい。

瑞鳳の飛ばした偵察機——彩雲《さいうん》が空冷二重星型18気筒《きとう》エンジンの軽快な音をたてて雲の上を飛ぶ。

空冷エンジンは水路がないぶん、微細《びさい》なメカニカルノイズが聞こえてくる。

バラララ……という太い爆音《ばくおん》に重なる、ジ——という小さな音が、それだった。

彩雲が雲間の下に、影《かげ》を見つける。


『敵艦隊、発見セリ！』


詳細《しょうさい》な報告を受けた瑞鳳が、目を見開いた。

「えっ⁉　なにそれ⁉」

「どうしました？」

赤城から心配そうに尋ねられ、青ざめた顔をして瑞鳳が報告する。

「敵艦隊を発見。編成は……戦艦《せんかん》ル級flagship、戦艦ル級elite、戦艦ル級

elite、駆逐《くちく》ニ級elite、駆逐ニ級elite……戦艦が、四隻もいます！」

「なんだと⁉」

長門たちが表情を硬《かた》くした。

モニターに映るのは、一隻でも強力な戦艦ル級が四隻も並ぶ姿だ。

俺は空唾《からつば》を呑《の》む。

――勝てるか？ これほどの敵戦力は、想定していなかった。

さらに瑞鳳が続ける。

「敵艦隊、転舵《てんだ》！ おそらく、こちらを探知しています！」

「ふん……なかなかの電探を積んでるじゃないか……いいだろう、艦隊決戦だ！ 全艦《ぜんかん》、砲雷撃戦、用意ッ‼」

長門の号令で、艦隊が慌《あわ》ただしくなった。

深海棲艦の戦艦が四隻か。

俺の記憶によれば、その規模の敵と交戦して、生き残った艦隊はない。もちろん、艦娘《かんむす》たちが普通《ふつう》の軍艦と違《ちが》うことは、もう充分に理解している。それでも不安は尽《つ》きなかった。

しかし、艦娘たちに怯《おび》えの色はなかった。

さすがに愛宕や瑞鳳は、緊張《きんちょう》した表情ではあるが……

足柄は強敵との邂逅《かいこう》に心躍《おど》らせているほどだ。

「ふ、ふふ……素晴《すば》らしいわ！　みなぎってきたわ！　迫《せま》り来る強敵！　これぞ戦場よ！」

「うむっ、艦隊決戦か！　胸が熱いな！」

長門が拳を握《にぎ》りしめる。

応じて、彼女の隣《となり》に陸奥が並んだ。

「あら、あらあら、戦艦ル級が四隻もいるの？　あらあら、選《よ》り取《ど》り見取《みど》りね！」

なんとも頼《たの》もしい。

赤城が背中の矢筒《やづつ》から、すっ、と矢を取り――弓につがえる。

「……艦載機のみなさん、用意はいい？　第一次攻撃隊、発艦《はっかん》してください！」

矢を放つ。

空母たちの戦いは、もう始まっていた。

瑞鳳も矢を射る。

「アウトレンジ、決めます！」

放たれた矢が艦載機へと変化し、敵艦へと飛んでいく。

偵察《ていさつ》機の彩雲と、制空権を取るための戦闘機である零式艦戦21型は、全《すべ》て瑞鳳に載《の》せていた。
赤城には、艦攻を満載《まんさい》している。
この作戦のために、瑞鳳を通して開発してもらった艦攻――天山《てんざん》が七十機以上だ。
先日の演習のときとは比べものにならない、強力な航空戦力だった。
敵方に空母は存在しない。
制空権は確保。
赤城と瑞鳳から放たれた攻撃《こうげき》隊が、敵艦隊へと襲《おそ》いかかる。
先制攻撃の戦果――
駆逐艦《くちくかん》二隻《せき》、撃沈《げきちん》！　戦艦ル級一隻、中破！
「よし！」
俺は思わず声をあげた。それほど会心の戦果だった。
相対距離《きょり》が縮まる。
艦娘たちは長門を先頭にして、敵艦隊の頭を押《お》さえるべく横へと流れた。
対して敵側も、同じ方向へと回頭する。
二つの艦隊が二列に並ぶような形となった。
同航戦だ。

長門が拳を構えた。

そのとき、相手が一瞬《いっしゅん》早く発砲《はっぽう》してきた。

「ッ!?」

水柱で視界が塞《ふさ》がれる。

海が波打ち、彼女たちの足下《あしもと》が揺《ゆ》れた。

艦娘と軍艦の大きな違いを挙げるとするならば、その重量だろうか。彼女たちは人間と同じ大きさであり、何万トンもの排水量《はいすい》はなかった。

そのため、砲撃を至近に受けると、その波によって上へ下へと身体《からだ》が振《ふ》られる。

転んでしまうのではないか、と危惧《きぐ》するほどだ。

しかし、そんな心配を吹《ふ》き飛ばすように、長門の砲撃が波を撃《う》ち砕《くだ》いた。

「せいやあああッ!!」

轟音《ごうおん》とともに放たれた砲撃が、敵艦へと向かっていく。

敵艦の近くに水柱が立った。

まさに、殴り合いだ。

水上偵察機が、長門に弾着観測を報告した。

その後ろで、陸奥が叫《さけ》ぶ。

「あら、あらあら、本当に選り取り見取りね……撃てッ！」

直撃《ちょくげき》！

しかし、敵艦は頑強《がんきょう》な戦艦だ。一撃《いちげき》で撃沈とはいかなかった。

愛宕がウィンクしながら敵に向けて片手を突《つ》き出す。

「主砲《しゅほう》、撃てぇーいっ♪」

足柄が殴りかかるように拳《こぶし》を突き出した。

「撃て！　撃て！　撃てえええ――――ッ!!」

獲物《えもの》を狩《か》る狼《おおかみ》のような発憤《はっぷん》ぶり。

重巡洋艦《じゅうじゅんようかん》二人の砲撃《ほうげき》が、先制攻撃で中破していた戦艦ル級に直撃する。爆発《ばくはつ》が起きた。

撃沈だ。

足柄がガッツポーズを見せる。

「やったわ！　十門の主砲は伊達《だて》じゃないのよ！」

しかし、敵艦も黙《だま》ってやられてはいなかった。

戦艦ル級の16インチ三連装砲《さんれんそうほう》が炎《ほのお》を吐《は》く。その砲撃が、愛宕へと命中してしまった。

甲高《かんだか》い悲鳴があがる。

艤装《ぎそう》が破壊《はかい》され、制服――いや、装甲《そうこう》が吹き飛んでしまった。

「いやーん！　ちょっと、やりすぎじゃないかしら⁉」

愛宕が痛みに顔をしかめる。

モニターいっぱいに肌色《はだいろ》が映されて、俺は思わず動揺《どうよう》してしまう。それどころではないのだが……。

――まさか、脱《ぬ》げるとは思わなかったな。

幸いケガなどはない様子だった。轟沈《ごうちん》なんてことにならなくてよかった。

愛宕が、ぺろりと舌を出す。

「ごめんなさい、提督ぅ……ちょっと、やられちゃいました～」

艦娘たちの被害《ひがい》が増えていく。

陸奥が直撃を受けた。

細い肩紐《かたひも》が切れて、それを押さえるように手を添《そ》える。

「ふ、ふぅ～ん、少しはやるじゃない？　服が傷《いた》んでしまったわ」

いつもと変わらぬ余裕《よゆう》たっぷりの言葉だったが、その声には痛みに耐《た》えるような震《ふる》えがあった。

俺はモニターを見ながら、考えこむ。

――苦しい。

まだ互角《ごかく》に見えるが、この敵中核艦隊《ちゅうかくかんたい》に到達《とうたつ》するまでに何戦もしてきた疲労《ひろう》が、わずかな差になっている。

なにか戦局を変えるような一手が必要だった。通信機がこちらの声を届けてくれないことがもどかしい。

そのとき、瑞鳳が波を蹴立《けた》てて、艦隊の前へと進み出た。

長門が驚《おどろ》いて声をあげる。

「なっ⁉ なにをしているか⁉ 空母が前に出るなど！ 敵艦の的《まと》になりたいのか⁉」

瑞鳳が真剣《しんけん》な顔で言い返す。

「私、もう艦載機を飛ばしちゃいましたから！ だから、あとは盾《たて》になります！」

俺は血の気が引いた。

危険すぎる！ 軽空母には盾になれるような装甲はない！

赤城も驚いて声を荒《あら》らげる。

「ダメよ！ 貴女《あなた》がやられたら、戻《もど》ってきた艦載機はどうするの⁉」

「あとは、お願いします、赤城さん」

ここまで来る間に、かなりの艦載機を失っている。

おそらく、この戦闘が終わる頃《ころ》には、赤城だけで収容できるほどしか残っていないであろうことは予想できた。

そこまで考えての判断か。

長門が舌打ちする。

「頑固《がんこ》者め……瑞鳳をやらせるな！　全艦、撃ちまくれ！」

怒号《どごう》とともに発砲。

陸奥や愛宕や足柄も全力を振り絞《しぼ》る。

艦砲《かんぽう》の轟音が連続し、着弾《ちゃくだん》の水柱があがった。

予想通り、深海棲艦《しんかいせいかん》の攻撃が、瑞鳳へと集中する。

そのぶんだけ、長門たちは射撃《しゃげき》に注力することができた。

41センチ連装砲が加熱して赤く焼けるほどの連射につぐ連射。疲労を忘れさせる戦意の高揚《こうよう》が、じわじわと押されつつあった戦局を引っ繰《く》り返す。

そして——

長門が拳を突き上げた。

「敵艦、撃沈ッ！」

「よくやった！」

思わず声が出た。彼女たちには聞こえないと知りつつも。

戦艦ル級の一隻を、長門が仕留めた。
この戦闘では、先制攻撃により駆逐艦二隻、足柄が戦艦一隻を沈《しず》めている。
残りは戦艦ル級が二隻。
——勝てる！　勝てるぞ！
しかし、その残る戦艦ル級の放った砲撃が——なんと、瑞鳳に直撃した。
「きゃああああ——!!」
悲鳴があがる。
瑞鳳が吹っ飛ばされて、水面に打ちつけられた。弓が折れ、海面に破片《はへん》が散らばる。
俺は思わず身を乗り出した。
彼女の名を叫ぶ。
机を殴《なぐ》りつけ、モニターを凝視《ぎょうし》した。
白い巫女《みこ》装束《しょうぞく》——装甲が破損して、ぐったりと彼女は動かない。
血の気が引いた。
「お、おい……まさか……」
倒《たお》れた瑞鳳が——ゆっくりと身体を起こす。
立ちあがってくれた。

「やら……れた……でも、まだ……信じてくれた提督《ていとく》のためにも……」

――大破だ。

轟沈ではなかったことに安堵《あんど》する。

しかし、このまま戦闘《せんとう》を続行すれば、彼女が沈められる可能性があった。

赤城から通信が入る。

「提督、撤退《てったい》しますか⁉」

撤退？

俺は奥歯を嚙《か》みしめる。すぐには決断できなかった。

誰にも相談はできない。

司令室には自分一人しかいない。もとより、決断するのが自分の役目だ。

――どうすればいい？

前任者は、艦娘《かんむす》を守ることを最優先した。俺は、どうするんだ？　艦娘を失う危険を冒《おか》してでも、深海棲艦を追撃《ついげき》するのか？　それは保身のために部下を見殺しにする行為《こうい》ではないのか？

しかし、撤退すれば、輸送作戦は失敗する。

大勢の命が失われるだろう。

長門と足柄が進み出て、瑞鳳をかばうように前に入る。敵との距離が近くなりすぎて、もう混戦に近かった。

赤城が、瑞鳳に寄り添って支える。

「大丈夫《だいじょうぶ》⁉　しっかりして！」

「ううぅ……提督……戦って……今なら、きっと倒せる、から……」


——追撃か？　撤退か？


俺は瑞鳳を失いたくない。

しかし、ここで彼女の安全を最優先するのが、本当に正しいことなのか？　少なくとも、彼女は望んでいない。

だが、戦果を求めるあまり死に急ぐ部下を止めるのも司令官の役目ではないのか？

本当に？　部下を死なせたという責から逃《に》げる言い訳ではないか？　命を懸《か》ける勇気を受け止めるのが司令官の器《うつわ》ではないのか？

赤城が首を横に振った。

「瑞鳳、落ち着きなさい……これ以上の戦闘継続《せんとうけいぞく》は危険すぎるわ」

「う、ううん……赤城さん……大丈夫だから……」

「でも！」

「私を、信じて……」

瑞鳳の言葉に、俺は思い出す。

「どんなときも、ですよ？　危なくなっても、最後まで信じないとダメだからね？」

「約束しよう。どんなときも、瑞鳳のことを信じるよ――そのかわり、絶対に鎮守府《ちんじゅふ》に帰ってきてくれよ？」

「はい。必ず帰ってくると、お約束します！」

――ああ、瑞鳳よ、迷ったりして、すまなかった。

そうだったな。約束していたじゃないか。

どんなときも俺は君を信じる。そして、君は絶対に鎮守府へと帰ってくる。

もう迷いはしない。

「全艦《ぜんかん》、追撃せよ！　暁《あかつき》の水平線に、勝利を刻《きざ》め！」

通信機を通した命令に、瑞鳳がうなずいた。

「……はい！」

苦しげだが、満足げな表情だった。

長門や足柄が、任せておけ！　と叫《さけ》び声をあげる。

──瑞鳳、沈まないでくれ。

願わずにはいられなかったが、それを口にするのは、戦闘継続を指示した自分には許されないと思った。

俺は提督であり、彼女は艦娘だ。そして、戦果のために危険へと飛びこませた。

背筋を冷たい汗《あせ》が伝い落ちる。

「頼《たの》む……!!」

長門が敵艦《てきかん》へと突《つ》っこんでいった。

「おおおおおッ!!」

距離《きょり》を詰《つ》めれば、それだけ被弾《ひだん》の可能性が高まる。危険な賭《か》けだった。

敵の砲撃《ほうげき》が、彼女の頬《ほお》をかすめる。

拳《こぶし》を突き出した。

「この一撃《いちげき》で、仕留めるぞ！　全門、斉射《せいしゃ》――――ッ!!」

夕闇《ゆうやみ》の迫《せま》る海に、パッ！　と砲炎《ほうえん》が輝《かがや》く。

長門の砲撃が、戦艦ル級を撃破《げきは》した。

――やったか！

しかし、まだ一隻《せき》、残っている。

敵艦に接近した長門の横腹に、もう一隻からの攻撃《こうげき》が加えられた。

被弾！

「ぐうううぅッ!?」

長門の装甲《そうこう》が砕《くだ》け散る。

なんとか、中破で留《とど》まったが。

「くっ……やるな……しかし、長門型の装甲は伊達ではない！　そして、こちらを狙《ねら》った貴様の負けだッ!!」

長門を攻撃した戦艦ル級に向け――足柄が腕《うで》につけた20・3センチ連装砲《れんそうほう》を構えていた。

「勝利よ！　だって、私、足柄がいるんだもの！　当然の結果よね！　大勝利ぃ～！」

外しようのない距離からの全門斉射が、深海棲艦の胸を貫《つらぬ》く。

敵中核艦隊《ちゅうかくかんたい》、最後の一隻を撃沈《げきちん》！

俺は椅子《いす》を蹴《け》って立ちあがり、拳を天に突き上げた。


戦闘が終了《しゅうりょう》する。

中破や大破させられてしまった子はいるが、一人も失わず、深海棲艦の中核艦隊を撃破できた。

ＭＶＰは長門だが、足柄の活躍《かつやく》も素晴《すば》らしかったと思う。

早々に中破して、あまり戦闘に参加できなかった愛宕が落ちこんでいないか気になったが、相変わらずの甘い声で勝利を喜んでいた。彼女の明るい性格には救われる。

赤城が安堵の吐息《といき》をついた。

「ふう……艦載機《かんさいき》を収容しますね」

戦闘経験が豊富な彼女だからこそ、今回の戦いが一髪千鈞《いっぱつせんきん》を引く戦いだったと理解しているのだろう。

瑞鳳の頬には涙《なみだ》がつたっていた。

安堵と歓喜《かんき》とで、感極《かんきわ》まったらしい。

「ううぅ……よかった……よかったよお……」

「そうですね。でも、あんな無茶《むちゃ》は、もう二度と……えっ⁉」

赤城が顔色を変えた。

帰還途中《きかんとちゅう》の艦載機――天山《てんざん》からの報告だった。


『ワレ、敵艦、見ユ』


弛緩《しかん》しきっていた空気が凍《こお》りつく。

慌《あわ》てたようにモニターが切り替《か》わった。すでに敵艦隊が近付いている。

発見が遅《おそ》かった。

彩雲《さいうん》が飛んでいって、敵艦隊の詳細《しょうさい》な情報を集める。

深海棲艦《しんかいせいかん》の編成は――重巡洋艦《じゅうじゅんようかん》三隻、駆逐艦《くちくかん》二隻。そして、戦艦ル級の姿があった。

しかも、ただの戦艦ル級ではない。

赤城が報告する。
「敵の旗艦《きかん》！　戦艦ル級改flagship　です！」
モニターに大写しにされた。
——こいつは!?
顔の左側に傷跡《きずあと》が残っている。
左目から流れ出る不気味な青白い光。
見ただけで絶望感に打ちのめされるような、この不気味な雰囲気《ふんいき》は！
——覚えている。
間違《まちが》いない。あのときの、深海棲艦だ！
肌《はだ》が粟立《あわだ》った。腹の底が沸《わ》き立つような感情がこみあげてくる。
岩柱の仇《かたき》！
通信機に向かって、叫ぶ。
「全艦——ッ!!」
命令しかけて、あやういところで言葉を呑《の》みこんだ。
モニターに映った艦娘たちの姿が、俺を我に返らせてくれた。
瑞鳳が大破していた。長門も陸奥も愛宕も中破している。足柄と赤城も無傷とはいえない。艦隊《かんたい》は満身創痍《まんしんそうい》だった。

「……いかんな、冷静さを失っては」

深呼吸する。

壁掛《かべか》け時計を確認《かくにん》した――大丈夫《だいじょうぶ》だ、きっと間に合うはず。


「全艦、撤退《てったい》せよ」


通信機の制限により、それだけしか伝えられない。

瑞鳳が戸惑《とまど》う。

「で、でも、このまま撤退しても、追いつかれてしまうんじゃ……!?」

長門が拳を握《にぎ》りしめた。

「追いつかれ、後ろから撃《う》たれるのは、不本意だが……くっ……提督《ていとく》の命令ならば従おう……全艦撤退する！　急げ！　先に行け！　殿《しんがり》は私が務める！」

彼女たちは鎮守府へと舵《かじ》を切った。

海域の外へと向かう。

しかし、動きが重たい。蓄積《ちくせき》した疲労《ひろう》と損傷は彼女たちの足を縛《しば》っていた。

とくに瑞鳳の船速が上がらない。彼女が訴《うつた》える。

「私を置いていってください！」

長門が首を横に振《ふ》った。

「ダメだ！　提督は〝全艦〟の撤退を命じた！　お前を捨ててなどいけるか！」

「そうよ、あなたを置いてはいかないわ」

赤城が瑞鳳の手を握りしめる。曳《ひ》いて急ぐが、充分《じゆうぶん》な速度ではなかった。だんだんと追いつかれる。

とうとう戦艦ル級から、長距離《ちようきより》の砲撃が飛んできた。

艦娘たちの近くに、何本もの水柱が立つ。

相手も最大船速のなかで、最大射程での攻撃だ。そうそう当たるものではない。

しかし、一方的に撃たれ続ければ、いつかは被弾するだろう。

長門が歯噛《はが》みした。

「くうっ……このままでは……ッ!!」

瑞鳳が赤城の手を払《はら》った。

「ごめんなさい！」

「えっ!?」

驚《おどろ》く赤城たちを残して、よたよたと瑞鳳が艦隊から逸《そ》れて、離《はな》れる。脱落《だつらく》する。

当然、そちらへと深海棲艦が殺到《さっとう》した。

瑞鳳の瞳《ひとみ》から透明《とうめい》な雫《しずく》が落ちる。

「提督……信じてくれて、私……本当に嬉《うれ》しかった……でも、ごめんなさい……帰れないみたい……」

深海棲艦の砲が、瑞鳳に照準を合わせた。


プロペラ機の音が降ってくる。


少女たちが空を見上げた。

薄闇《うすやみ》に覆《おお》われつつあるなか、何機もの航空機が飛来する。空を覆うほどの数だった。

赤城の艦載機でも、瑞鳳のものでもなかった。

通信機から、少女の声が聞こえてくる。

「……あとは任せて……鎧袖一触《がいしゅういっしょく》よ、心配いらないわ」

加賀の声だった。

彼女だけではない。

「ウチもおるで！　ここは、任せとき！」

「敵艦隊発見！　攻撃隊、爆撃《ばくげき》をはじめてください！」

龍驤と祥鳳の姿もあった。

彼女たちの放った艦載機が、敵の追撃《ついげき》部隊に次々と襲《おそ》いかかる。

そして、快速の大淀《おおよど》が、滑《すべ》るように瑞鳳へと駆《か》け寄った。

「摑《つか》まってください。さあ、帰りますよ？」

「あ……あの……」

戸惑うばかりの瑞鳳を曳いていく。

加賀、龍驤、祥鳳の放った艦爆《かんばく》隊が、攻撃を開始した。

先制攻撃により、重巡一隻、駆逐艦一隻を撃沈した。戦艦ル級改flagship にも、命中弾《だん》を与《あた》える。

ル級から、低いうなり声のような音が聞こえた。それが深海棲艦の発した言葉なのか、
機械的な動作音だったのかはわからない。

しかし、俺には恨《うら》めしげな怨嗟《えんさ》の声のように聞こえたのだった。

深海棲艦が後退していく。

「……提督、追撃しますか？」

加賀の問いに、俺は自分の中でくすぶる復讐《ふくしゅう》心を、どうにか収めた。

他《ほか》にも深海棲艦がいるかもしれない。加賀たちを追撃に回して、瑞鳳たちが攻撃を受けたら、もう応手は残っていなかった。

「……全艦《ぜんかん》、凱旋《がいせん》せよ」

彼女たちは勝利したのだ。

長門たち第一艦隊と、加賀の率いる支援《しえん》艦隊が声をそろえて返事をする。

「了解《りょうかい》！」

太陽が沈《しず》む。夜を苦手とする艦載機たちが急いで空母のもとへと帰っていく。

長門が満面の笑《え》みを浮《う》かべた。

「ふうむ、飛行機は強いな！　なかなか役に立つではないか！　私も飛行機を積むぞ！」

それを聞いて、他の艦娘たちが笑い声をあげる。

俺は司令室を出た。

さて、彼女たちを出迎《でむか》える準備をしよう。

終章　夜の風

翌日の夜——

出撃《しゅつげき》した長門たちの疲労回復を待って、大々的な祝勝会が開かれた。

お祝いをしよう、と言い出したのは、隼鷹《じゅんよう》だ。

彼女は搭載《とうさい》数も多い優秀《ゆうしゅう》な軽空母なのだが、あまり訓練に熱心ではなく、酒宴《しゅえん》が大好きだった。

艦隊にとっては問題児だが、こんなときの盛り上げ役としては頼《たよ》りになる。

隼鷹がジョッキと菓子《かし》の箱を手にしてやってきた。

「いや～戦いのあとの一杯《いっぱい》は、格別だねえ！　提督が二人に見えるよ～。ひゃっはっはっは！」

「君は戦場に出てないだろ。本来なら、支援艦隊に組みこみたかったんだぞ？」

「ひひっ……あたしと飛鷹《ひよう》は、ちょーっと足が遅《おそ》いからねえ」

「やれやれ。まぁ、ほどほどにな……」

「あれ？　もう、あがりかい？　提督の大勝利のお祝いだよ？」

「勝ったのは艦娘《かんむす》たちさ……夜風に当たってくる」

片手を挙げると、隼鷹が「あいよ～」と飲み屋の女将《おかみ》のような返事をした。

外に出て——

船着き場のほうへ向かう。

夜の海は黒々として、闇《やみ》が広がっているかのようだった。月だけが映りこみ、ゆらゆらと波間に漂《ただよ》っている。

「ん？」

鼻歌が聞こえた。

——これは、たしか三年くらい前の流行歌か？

誘《さそ》われるように近付いてみると、巫女《みこ》服の少女がキノコの形をしたボラードに腰掛《こしか》けていた。

「……やあ、瑞鳳じゃないか」

「ん？　あれ、提督？　どうしたの？」

「俺は酒に強くないので、呑《の》み会では、よく外へ逃《に》げてるのさ。その場にいると潰《つぶ》れるまで吞まされるか、場が白けてしまうからな」

「あはは……」

「君こそ、祝勝会の主役が、こんなところで何してる？」

「主役は提督じゃないかな？」

「冗談《じょうだん》だろ。君たちがいなかったら戦いにもなっていない。誰《だれ》に訊《き》いたって、そう言うよ。まぁ、ＭＶＰは長門かもしれないが、一番にこだわりがあるのか？」

「えへへ……ないない」

瑞鳳が手をヒラヒラと左右に振った。

頰《ほお》が朱色《しゅいろ》に染まっている。

未成年の艦娘に振る舞《ま》われたのは、酒ではなく、間宮《まみや》の造った特殊《とくしゅ》なジュースだそうだが、酔《よ》っているように見える。本当に大丈夫なんだろうか？

「そういえば、君たちに褒美《ほうび》をあげないとな？」

「えっ⁉」

「艦娘は軍人じゃないから階級がないらしい。金を与えても鎮守府《ちんじゅふ》の中じゃ使う店が限られる。必要な物は官給がある。意外と、難しいものだな」

「そんな！　褒美なんて！」

「はは……俺が個人的に用意できるものだから、そんなに期待されても困るぞ。しかし、ずっと作戦の準備ばかりで、なにも考えてなかったんだよな。すまない」

「本当に、べつにいいよ？」

「規則違反《いはん》したら罰《ばつ》があるように、活躍《かつやく》したら褒美があるんだ。それが組織を強くすると俺は思う」

「そうなんだ？　うーん、でも欲しいものなんて……」

ハッ、と瑞鳳が気づいたような顔をする。

「なにかあったか？」

「えっ!?　えっと……なんでもいいの？」

「俺が用意できるものならな」

「じゃあ、キ……キ……」

「キキ？」

「キ…………えっと……提督《ていとく》、目を閉じてくれない？　あ、その前に、そこ座って」

「ああ、かまわないぞ？」

俺は瑞鳳に譲られて、彼女の座っていたボラードに腰《こし》を下ろして、ぎゅっと堅《かた》く目を閉じた。

暗闇《くらやみ》に近かった夜の港が、完全に見えなくなる。

彼女が近付いてくる気配があった。

「ん？」

「動いたら、ダメなんだからね？」

「ああ……？」

「絶対の絶対よ？　目を開けてもダメなんだから」

「わかったよ。なにするんだ？」

「んっと……」

妙《みよう》に近くから、瑞鳳の声がした。すぐ傍《そば》で、砂を踏《ふ》む音がする。耳元に感じる息づかい。

――な、なにが起きてるんだ？

いや、なにが起きるんだ？

約束してしまったから、動くことも、目を開けることもできない。

じっと身を固くしていた。

すぐ近くで息づかいを感じるが……なにも起きない。

「ふあああ……やっぱり無理かな!?」

「な、なにしてるんだ、瑞鳳!?」

俺はたまらず目を開いてしまった。

すぐ近くに彼女の顔がある。耳まで真っ赤にしているのが、夜の月明かりの下《もと》でさえわかった。

ふらふらと彼女が後ずさりする。

「あわ……わわっ!?」

「お、おい、落ちる！　危ないぞ！」

「ひゃっ!?　だ、大丈夫《だいじょうぶ》です！　私、艦娘ですから！」

夜の海といえど、艦娘は平気か。

瑞鳳が人差し指で、自分の唇《くちびる》をなでて、熱っぽい吐息《といき》をつく。

「ふう……」

艶《つや》のある薄《うす》い色の唇だった。

「な、なあ、瑞鳳？　今、なにか、とんでもないことをしようとしてなかったか？　そういうのは、その……どうなんだ？」

ぶんぶん、と彼女が左右に頭を振《ふ》る。

「なにも！　なにもしてないです！」

「まぁ、たしかに、してはいないがな……でも、なにかしようとしたろ？」

「だ、だって、ご褒美《ほうび》といえば……キ、キ、キ……ああ、やっぱり言えないよぉ！　提督のエッチ！」

「なにぃぃぃ〜〜〜!?」

とうとう、瑞鳳が背を向けて逃《に》げるように走りだした。

「わ、私！　もう疲《つか》れたから、寝《ね》ます！」

艦娘だけど瑞鳳って陸でも速いんだな——と感心するほどの速さで彼女は自室のある棟《とう》へと走っていく。

俺は一人、残された。

帽子《ぼうし》を取って、ぽりぽりと頭を掻《か》き、ただただ夜の海を眺《なが》めてしまう。

「……なんだったんだ？」

そんなふうに惚《ほう》けていたら、足音が近付いてきた。

目を向ける。

「あれ、加賀さん？」

「…………」

無言だ。そして、ちょっと恐《こわ》い雰囲気《ふんいき》がある。

「ど、どうしたんだい？」

「……提督と艦娘が特別な関係になることを、司令本部は歓迎《かんげい》しないわ……あまり、私的な感情を昂《たか》ぶらせないことね」

「うわっ⁉　み、見てたのか⁉」

「……提督は、どうするつもりなのかしら？」

「どうすると問われてもな。あの子は艦娘だ。艦娘は人類の未来だ。希望だ。救いだ……俺が個人的な感情でどうこうしていい存在ではないよ」

断言するのに、迷いはない。

加賀がうなずいた。

「……それは、わかっているみたいね」

「当然だ」

「……理解しているなら、私の警告を聞いておくべきだったわ」

「え？　警告って？」

なにか言われただろうか。

ため息まじりに、彼女が説明する。

「以前、〝艦娘たちには必要以上に近付かないで〟と言ったでしょ？　初心《うぶ》な子が多いから……貴方《あなた》のような男性は、彼女たちの心を惑《まど》わせてしまうわ」

加賀からの注意を思い出した。

――てっきり、不審者《ふしん》扱《あつか》いされたのかと！

あの言葉は、そういう意味だったのか。

今さら気がついた。俺が女性に慣れていない以上に、艦娘たちは男性に慣れていないのだった。

本当に、今さらじゃないか。

俺は瑞鳳の気持ちを、どう受け止めたらいいんだ……？

「加賀さん……」

「……なに？」

「わかりにくかったよ」

つづく

あとがき

『艦隊これくしょん―艦これ―瑞の海、鳳の空』を読んでいただき、ありがとうございました。著者の『むらさきゆきや』です。

今回は主人公が提督《ていとく》になり、最初の大きな任務を達成するまでの物語でした。そのなかで、瑞鳳《ずいほう》と信頼《しんらい》関係を深めたり、それ以外の感情も深めてしまったり⁉

しかし、さすがは大人気ゲームのキャラクターたちです。加賀《かが》さんや長門《ながと》がどんどん前に出てきて、最初に予定していた内容とはずいぶん違《ちが》うものになりました。どういう形に辿《たど》り着《つ》くのか自分でも楽しみにしています。

艦《かん》これ関連作品で、提督が主人公になっている物語は、けっこう珍《めずら》しい気がしますが、楽しんでいただけたなら幸いです。

宣伝になります。『覇剣の皇姫アルティーナ』（ファミ通文庫）と『異世界魔王と召喚少女の奴隷魔術』（講談社ラノベ文庫）シリーズ刊行中です。

2月20日に『放浪勇者は金貨と踊る』（富士見ファンタジア文庫）新シリーズがはじまります。魔王《まおう》を倒《たお》した勇者の新たなる敵は金《かね》!? な物語です。よろしくお願いします。

謝辞――

『艦これ』運営鎮守府の皆様《みなさま》、原稿の確認《かくにん》と、楽しいゲームをありがとうございます。

有河《ありかわ》サトル先生、かわいいイラストをありがとうございます。チビキャラもかわいいです。

企画《きかく》段階から意見をいただき、とても参考になりました。

デザインのイメージジャック様、あれこれとわがままを聞いていただき、ありがとうございます。

担当編集の笹尾《ささお》様、いろいろとご迷惑《めいわく》をおかけいたしました。たくさん助けてくださり、ありがとうございました。次巻もがんばります。

角川スニーカー文庫編集部の皆様と関係者の方々。支えてくれている家族と友人たち。

ここまで読んでくださった読者様に最敬礼で感謝を！　ありがとうございました。

むらさきゆきや

有河です!
今回挿絵を担当させていただきました!!
大好きな瑞鳳ちゃんを描けて幸せです
⊂(´ω`⊂⌒`⁼⌒つ´ω`)つ

今回担当様やむらさき先生には
大変お世話になりました!
年末年始に作業が重なっておりまして
今回体調をほとんど壊さずに
進行できたのは奇跡です。

それではまた次巻で
お会いいたしま
しょう!

有河サトル

■打ち合わせで使用していたラフ
表紙候補で描いていたもの

艦隊《かんたい》これくしょん —艦《かん》これ—
瑞《ずい》の海《うみ》、鳳《おおとり》の空《そら》

著　むらさきゆきや
協力　「艦《かん》これ」運営鎮守府《うんえいちんじゅふ》

角川スニーカー文庫　18995

2015年2月1日　初版発行

発行者　堀内大示

発行所　株式会社KADOKAWA
〒102-8177 東京都千代田区富士見2-13-3
電話　03-3238-8521（営業）
http://www.kadokawa.co.jp/

編　集　角川書店
〒102-8078 東京都千代田区富士見1-8-19
電話　03-3238-8694（編集部）

印刷所　株式会社暁印刷
製本所　株式会社ビルディング・ブックセンター

Printed in Japan　ISBN 978-4-04-102762-2　C0193

★ご意見、ご感想をお送りください★
〒102-8078 東京都千代田区富士見 1-8-19
株式会社KADOKAWA　角川スニーカー文庫編集部気付
「むらさきゆきや」先生
「有河サトル」先生

角川文庫発刊に際して

角川源義

第二次世界大戦の敗北は、軍事力の敗北であった以上に、私たちの若い文化力の敗退であった。私たちの文化が戦争に対して如何に無力であり、単なるあだ花に過ぎなかったかを、私たちは身を以て体験し痛感した。西洋近代文化の摂取にとって、明治以後八十年の歳月は決して短かすぎたとは言えない。にもかかわらず、近代文化の伝統を確立し、自由な批判と柔軟な良識に富む文化層として自らを形成することに私たちは失敗して来た。そしてこれは、各層への文化の普及滲透を任務とする出版人の責任でもあった。

一九四五年以来、私たちは再び振出しに戻り、第一歩から踏み出すことを余儀なくされた。これは大きな不幸ではあるが、反面、これまでの混沌・未熟・歪曲の中にあった我が国の文化に秩序と確たる基礎を齎らすためには絶好の機会でもある。角川書店は、このような祖国の文化的危機にあたり、微力をも顧みず再建の礎石たるべき抱負と決意とをもって出発したが、ここに創立以来の念願を果すべく角川文庫を発刊する。これまで刊行されたあらゆる全集叢書文庫類の長所と短所とを検討し、古今東西の不朽の典籍を、良心的編集のもとに、廉価に、そして書架にふさわしい美本として、多くのひとびとに提供しようとする。しかし私たちは徒らに百科全書的な知識のジレッタントを作ることを目的とせず、あくまで祖国の文化に秩序と再建への道を示し、この文庫を角川書店の栄ある事業として、今後永久に継続発展せしめ、学芸と教養との殿堂として大成せんことを期したい。多くの読書子の愛情ある忠言と支持とによって、この希望と抱負とを完遂せしめられんことを願う。

一九四九年五月三日